U0448972

高兴——主编

双子座文丛

戴潍娜 著

以万物为情人

Yi Wanwu
Wei Qingren

漓江出版社

·桂林·

图书在版编目（CIP）数据

以万物为情人 / 戴潍娜著 . -- 桂林：漓江出版社，2024.2

（双子座文丛 / 高兴主编）

ISBN 978-7-5407-9705-8

Ⅰ. ①以… Ⅱ. ①戴… Ⅲ. ①诗集 - 中国 - 当代 ②诗歌评论 - 中国 - 当代 Ⅳ. ① I227 ② I207.22

中国国家版本馆 CIP 数据核字 (2023) 第 252981 号

Yi Wanwu Wei Qingren
以万物为情人
戴潍娜　著

出 版 人：刘迪才
丛书策划：张　谦
出版统筹：文龙玉
组稿编辑：李倩倩
责任编辑：章勤璐
助理编辑：潘潇琦
书籍设计：周泽云
责任监印：黄菲菲

出版发行　漓江出版社有限公司
社址：广西桂林市南环路 22 号　邮编：541002
发行电话：010-85891290　0773-2582200
邮购热线：0773-2582200
网址：www.lijiangbooks.com
微信公众号：lijiangpress
印制：天津市天玺印务有限公司
开本：880 mm×1230 mm　1/32
印张：6.75　字数：137 千字
版次：2024 年 2 月第 1 版
印次：2024 年 2 月第 1 次印刷
书号：ISBN 978-7-5407-9705-8
定价：69.00 元

漓江版图书：版权所有，侵权必究
漓江版图书：如有印装问题，请与当地图书销售部门联系调换

"双子座文丛"出版说明

优秀的书写者往往有着多重的文学身份，这种多元视角下带来的碰撞和探索，也让文学迸发出更为耀眼的璀璨光芒。"双子座文丛"取意两栖、双优，聚焦当代文学星图里具有双坐标意义的写作者，以作品的多样性呈现文学思维的多面性，角度新颖独特，乃为国内首创。本丛书第三辑，以"评论家"为经度、"诗人"为纬度，收入了谢冕、张清华、何向阳、敬文东和戴潍娜五位横跨三个代际的作家力作，他们既是思力深邃的批评家，又是深情善感的创作人，各具时代特征的显著性。诗歌与评论的相互印证，感性与理性的双重交织，让他们成为"双子座"独特的坐标系——评论家＋诗人。此类作家不独五位，以此五位为代表，且由于篇幅所限，本辑作品皆为精选。

漓江出版社编辑部

目录 / Contents

总序　一条江河的自然拓展和延伸 / 高兴　001

诗　歌

发明爱人

005 / 灵魂体操

011 / 不完全拷贝

016 / N 种永恒

021 / 历史的棋局

026 / 献给决斗中的人

040 / 假如生活欺骗了我，请继续！

055 / 亲爱的句子，猜猜我是谁

秘密唇语

063 / 秘密唇语与勃朗宁夫人的耳朵

070 / 美是真正的最终的霸权

079 / 风流作为一种文学姿态

评 论

销魂的诗

097 / 销魂的诗
103 / 诗歌,是永恒的时尚
109 / 诗是最后的避难所
121 / 诗歌共和国
127 / 翻译是极少数人的共和国
136 / 从后现代的"拼贴艺术",到后人类的"拣选艺术"

亲密之书

143 / 为了创作的情欲与爱恋
178 / ChatGPT 与文学运算

※ 总序 ※

一条江河的自然拓展和延伸

高 兴

数年前,漓江出版社开始出版"双子座文丛",取意"著译两栖,跨界中西",最初的宗旨是诗人写诗、译诗,散文家写散文、译散文,小说家写小说、译小说,把目光投向了中国文坛上一类特别的人,"一类似乎散发着异样光芒和特殊魅力的人。他们既是优秀的作家,同时又是出色的译家"。文丛新颖独特,为国内首创,出版后,受到读者的喜爱和认可。

喜爱和认可外,我们还听到了意外的回响。不少读者觉得,"双子座"这一名称实际上有着更加广阔和丰富的内涵和外延,仅仅限于"著译两栖",似乎有点"亏待了"如此独特的创意。既然作家、译家是"双子座",那么,作家、画家,作家、书法家,作家、音乐人,文学伉俪,文学两代,等等,都可以算作双子座。边界拓展,"双子座"应由一座独特的矿藏变成一个敞开的世界,而文学本身就该是无边无际的天地。

向来勇于开拓的漓江出版社吸纳了这一意见,决定拓展和延伸"双子座文丛"。这一举动既有出版意义,又具诗意光泽,就仿佛是一条江河,渴望拥抱更大的世界,通过自然拓展和延伸,执着地奔向大海。此时此刻,这条江河,我就称之为:漓江。

本辑,我们就将目光聚焦于评论家、诗人这一"双子座"。

正如在任何正常发展的文学中一样,在中国文学的发展中,文学评论家们也一直发挥着不可替代的作用。考察历史,关注现状,深入文本,梳理动向,评判价值,分析现象,评论家的所作所为,于广大的读者和作者,常常具有启发、提示、总结,甚至引领的作用,且常常还是方向性的作用。正因如此,评论家的事业既是一项文学事业,也是一项良心事业和心灵事业。

扎实的理论功底,广博的知识储备,天生的艺术敏感,这些都是一位优秀的文学评论家需要的基本素质。除此之外,优秀的文学评论家同样需要"多愁善感",亦即超凡的情感呼应力和感受力。因为,他们归根结底也是文学中人,而文学中人常常都是性情中人。作为文学中人和性情中人,到了一定的时候,自然不会单纯满足于文学评论,自然会产生文学创作的冲动。

一些出色的评论家诗人,就这样,出现在了我们面前。本辑五本书的作者谢冕、张清华(华清)、何向阳、敬文东和戴潍娜就是他们中的代表人物。

细心的读者会发现,这五位作者实际上代表了老中青三代。

谢冕,老一代诗歌评论家的突出代表,在七十余年的诗歌评论和教学生涯中,耕耘不辍,著述无数,桃李满园。尤其令我们敬佩的,是先生的内心勇气和诗歌热情。20世纪80年代初,正是他率先发表《在新的崛起面前》,

为当时备受争议的朦胧诗辩护，为中国新诗的健康发展排除理论障碍。"比心灵更自由的是诗歌，要是诗歌一旦失去了自由，那就是灾难，是灭绝，那就是绝路一条……诗歌的内容是形形色色的，诗歌的形式应该具有不同风格，如果用一种强制的或非强制的手段来进行某种统一的时候，这就只能是灾难。"从这段话中，我们便能感觉到先生的良知、真挚和勇气。如果说先生的评论体现出开明境界和自由精神，那么，他的诗歌则流露出含蓄细腻和别样深情。阅读谢冕的评论和诗歌，我们不仅会获得思想启发和艺术享受，而且还能感受到作者的人格魅力。

张清华、何向阳和敬文东，中间代文学评论家中的佼佼者。除了文学天赋之外，他们都接受过良好的文学教育，具有开阔的视野和扎实的功底，在长期的文学评论和研究中，形成了独特的个人风格。

在文学评论上，三位都有着自己鲜明的立场。张清华坦言，自己"采用的是'知人论事'方法，一个重要的原则就是把文本和人本放在一块，以人为本来理解文本"。他认为："如果能够通过文本接近人格境界，对人格境界有了一种理解，那么批评就是有效的，同时也是对自己的一种滋养。即便不去学他的人格，也会深化你对生命对人性的理解。"如此，"文学批评就变成了对话，不只是知识生产，还是一种精神对话"。何向阳表示："负责好自己的灵魂，是一个以深入人生、研究人性、提升人格为业的批评家作为一个人的最基本的责任。"这其实已成为她文学评论的逻辑起点和伦理追寻。与此同时，她还始终保持着一种清醒和自尊："当时间的大潮向前推进，思想的大潮向后退去之时，我们终是那要被甩掉的部分，终会有一些新的对象被谈论，也终会有一些谈论新对象的新的人。"而敬文东曾在不同场合反复强调:"文学批评固然需要解读各种优秀的文学文本,但为的是建构批评家自己的理论体系;而文学批评的终极指归,乃是思考人作为个体在时间和空间中的地位,以及人类作为种群在宇宙中的命运。打一开始,我理解的文学批评就具有神学或宗教的特性,不思考人类命运的文学批评是软弱的、无效的,也是没有骨头的。它注定缺乏远见,枯燥、乏味,没有激情,更没有起码的担当。"作为评论家,张清华的敏锐,何向阳的细腻,敬文东的犀利,都已给广大读者留下深刻的印象。

在诗歌创作上,他们也表现出了各自的追求。张清华一直在思考怎样使诗歌写作同时更接近肉身和灵魂。"离肉身远,写作无有趣味,缺少生气;离灵魂远,则文本不够高级,缺少意义。所以,我所着迷的理想状态,应该是理性与感性的纠缠一体,是思想与无意识的互相进入,是它们不分彼此的如胶似漆。"他期望自己的诗歌写得既有意义,更有意思。如果了解何向阳的人生背景,我们便会明白,诗歌写作于她,绝对是内心自然而然的流淌,有着某种极致升华和救赎的意义。诗歌写作教她学会爱并表达爱。诗歌写作甚至让她感悟到了某种神性。正因如此,读何向阳的诗,我们在极简的文字中时常能感受到深情的涌动和爆发。敬文东的诗歌写作理由非常明确:"我写诗的经历有助于我的学者身份,因为它给学者的我提供了学者语言方式之外的语言方式。语言即看见,即听到。维特根斯坦说,一个人的语言边界就是其世界的边界。有另一种语言方式帮助我,我也许可以听见和看见更多,能到达更远的边界。"身为诗人,张清华的不动声色和意味深长,何向阳的简约之美和瞬间之力,敬文东的奇思妙想和文体活力,都让他们发出了辨识度极高的诗歌声音。

而戴潍娜，来自"80后"青年评论家队伍，一位多才多艺、兴趣广泛、全面发展的才女和侠女。无论是评论还是诗歌，字里行间都会溢出如痴如醉的激情和坚定不移的温柔。文坛传说，她曾表示，如果有人让她卸掉一条胳膊或一条腿来换取一只猫或一只狗的性命，她一定毫不犹豫。这倒像是她的口吻和性情：极致的表达和极致的追求。她的评论和诗歌还流露出对语言的迷恋和开掘，有时会给人以语言狂欢和梦幻迷醉的强烈感受。这是位世界和生活热爱者，同时又是位世界和生活批判者。批判其实同样是在表达热爱。批判完全是热爱的另一种形式。这几句话，用于其他几位作者，同样有效。

阅读他们的评论和诗歌，我总有一种奇妙的感觉：作为优秀的评论家诗人，他们似乎正在理性和感性之间，在冷静和奔放之间，在肉身和灵魂之间，跳着一曲曲别致动人的舞蹈，展现出自己卓越的平衡艺术和多面才华。

文学评论，诗歌创作，这无疑让他们的文学形象变得更加完整，更加饱满，也让他们的文学生涯变得更加令人欣赏和服帖。

有趣的是，这五位评论家似乎都更加看重自己的诗人身份。兴许，在他们看来，文学评论只是本职，而诗歌写作却属惊喜。尊重他们的这种特殊心理，我们在排版时，特意将诗歌安排在评论之前。期望这样的安排也能给读者朋友带来惊喜。

2023年8月5日于北京

诗 歌

发明爱人

爱一个人，不是等待对方来爱你 / 而是等待对方不来爱你 / 你站在原地，把这爱站成了一尊石像

灵魂体操

1/

总是这样,最贞洁的人写最放浪的诗,最清净的文字里有最骚动的灵魂。

2/

莎士比亚的时代,诗人致力于制造快乐;而如今,诗人主要制造痛苦。

3/

古典诗学中,政治与诗歌可以互为衣裳;到了现代,他们才开始相互仇恨。我想我可以穿上衣服爱,也可以脱了衣服恨。

4/

据说,一个唐人可以仅仅通过屈原,建立对楚国的历史认知。如今社会对诗人的依赖已降至最低,诗人于是进入另一种无限自由。

5/

一座隐秘古堡里,正上演禁欲的魔鬼和好色天使的假面舞会。诗是递给守门人的暗语。

6/

美,是一种类似堕落的过程。

7/

如果不是失眠,我不会有空写诗。闭上眼睛,我就不待在这个时代了。

8/

辉煌雄辩的年代,诗人不仅口吐警句,还负责缔造出一个族群与众不同的灵魂质地,建构一个民族的品性,同时干预最强者的行动。这个时代最好的存在,完全可以成为下一个时代最反对的事物。我很早就在贫瘠的广场上暗暗发誓:要写作!长大以后努力做一个对祖国和人民没有用的人。

9/

二十岁写诗是真心风流,三十岁还在写,是风流后的真心。

10/

我妈问我将来会不会成大师。

11/

我有点任性,灵感比我还任性。比如今天,我已在桌前静坐示威四小时,逼灵感现身。

12/

现代人思维跟打拳一样,全靠套路。诗来找我,成心跟思维作对,跟逻辑作对,跟任何一颗常速运转的脑壳作对,直到写得我脑筋嗞嗞儿地疼。

13/

要创造一种非现代非古典非三维非逻辑的语言,诗可以与哲学、数学、天体物理的至高点相通,这是我心目中现代诗的样子。

14/

诗歌与表演:诗人的生命存在,先天具有表演性。世间情感在坠入尘埃之前,都先在诗歌里坠过一遍。

15/

风格转变:醒来一照镜子变成了另外一个人。啊,间谍!

快，我们得扮一下间谍，不要让他们发现，生活的尖叫！

16/

诗与宇宙大爆炸：一首诗歌创生之际，体积为零，"诗核"有如上帝之火般灼热，是那尚未到达的一颗星，等待瞬间的点亮，在诗人手中膨胀，温度下降，粒子碰撞吸引湮灭逃离，诗歌胀满无限空间，或成为百万亿首诗。诗人写下的部分，相当于用哈勃望远镜看到的一小部分光滑宇宙。更多的诗，逃逸到太生的混沌中去。

17/

诗人写小说：过程像无比乐意地受刑，或板着脸变相着送礼。往往是绕，没办法，他们的智商不容许他们写太浅白的东西。

18/

远比翻一页书或投一次胎更快，整个人类社会都已生长到了该受上帝诅咒的年龄。而诗歌向来负责兑服自己的时代。

危险——现代诗最重要的品质。

19/

有一种书摆在那里就是一个物种。

20/

我想往心里投一块金子,问一问"自己最内部的音色"。

21/

我爱的,是只为使命工作的义工。我爱的,早已不仅仅是一个你,还连同由你生出的另一个世界中的八个、八十个你。

22/

最伟大的文学全不是文学,而是道。

(2014 年 7 月 31 日)

不完全拷贝

1/

博士在菩萨洞中喝闲茶打麻将,百无禁忌给狱友们看手相。诸身困在此生此世。看到自己的手相,博士立刻跪倒在地。

2/

博士采访城中一只乌鸦,问一问在乌鸦般的黑夜飞行,是不是跟大白天做白日梦一个道理?

3/

有时候博士来回踱步,不为思考,只为让高速路上的大脑停止运动。

4/

有时候我坐下来一动不动，只为拔掉思想的脚踏电源，把博士赶下十一路公车。

5/

博士决定钻研"思无邪"病菌，一种红色的极微恶尘，经思想传播，引发大大小小的发作。邪念一动，立时暴毙。

6/

为了立刻看到美国，修道者开天眼，科技开发视频。博士的方法是试验真理的隔空搬运。真理太多，大真理吃掉小真理，真理的世界也有新陈代谢，我劝博士不要白费力气。

7/

实验失败，博士开始失眠。夜半梦中起身，和书桌前推开书稿般不费力气。

8/

村头孩子迎道:"姑奶奶,你下学回来啦?"我博士读到牙都断掉。

9/

一个炊饼形的中年女人,领着一个黄旗袍的春卷形女童往门口走。博士立刻拐向最近的反光面,在汽车玻璃上运算她与炊饼、春卷间的时间形状守恒定律。

10/

人为什么要通过劳动来证明自己?博士决定待在家里,用不劳动来证明自己。博士二十四岁便过上退休人员生活。

11/

二十五岁夏天,平谷的大桃儿水汪汪候在那儿了,博士不敢吃,担心里头住着两条赤身裸体的虫子夫妻。

12/

二十六岁春天,博士放心大胆边看电视,边吃有机大枣,不料一口咬下去,吃出个三口之家。

13/

成年女性追求家庭,本质是为了平衡年龄增长带来的自卑感。如果青春可以像英语一样,只要练习就可能维持提高,那么博士心想,永恒的女郎不需要婚姻。

14/

知识是环抱上帝的一圈镜子。博士在一面镜子里照出了天文地理,一面镜子里照出了窈窕淑女,在另一面镜子里照出上帝得了脚气,亿万真菌在皮屑上建造起一个城邦。她拿达克宁一抹,无疑用化学武器屠城。

15/

我问博士喜欢什么。她说喜欢寿命长的东西，比如喜欢石头不喜欢人类，喜欢乌龟不喜欢龟毛，喜欢死人胜过活人。

16/

昨日的我在去世。每一个昨日之我都是今日之我的祖先。我成为昨日相似相续的子嗣，部分地复制，不完全拷贝。

（2013年11月）

N 种永恒

1 / 失败者

夸父追太阳,只顾闷头狂奔。沿途他踩过的砂石都开出了花朵,四季轮番来瞧他秀美的肌肉。他目不斜视,心不动,连眼皮都不抬。夸父不知道十八个春秋里他已追上了太阳整整九次!每一回,太阳都被他甩到身后,无辜地看着夸父头也不抬地向远方奔去。从头再来!直至精疲力竭前一秒,天上忽而飘过一朵粉色的云。他这才想起什么,抬起头,杳渺的宇宙像一段新死去的爱情,散发着叫人感伤的余温与空茫——好像一个姑娘等待爱人回过头来,就在爱人变成仇人之前。被他第十次甩在身后的太阳在等他回头,可我们的夸父,这天地间最坚毅的男人,被这虚假的失败摧毁了。他知道他永远追不上太阳,他便永远地倒下去。

2 / 高维碎片

　　总会碰到一些瞬间,它们像极了永恒!不同的是,年轻时我们相信那是一段完美关系的起点,于是失败,于是背叛,于是腐烂……老了以后——好吧,还不算太老,如果足够幸运,依然会见识这样的瞬间,只是彼时,你心中庆幸又凄然。你心知,这便是永恒的终点。未来之事,绝不期许。它是你的生命与高维碎片极其罕见的一次擦身,你平庸的生命就此被擦亮,此后继续黯淡,湮灭……带着信念,见证过光明,且全身心地相信过它三秒钟。

3 / 鬼新娘

你的手臂是我此生的双桨，你水母般透明又蜇人的心肠。采臣，且听，塔外嘀嗒嘀嗒，一秒秒如一粒粒纯白的沙，从月亮上洒下来，落至平坦的小腹，铺就一座白沙滩。宝塔便是建于这流沙之上——对，就在此处，你野藕般摇曳的舌下！出生那刻即是灭亡。世人只晓阿弥陀佛，岂知万佛万佛，佛有万变。轮回里，你的名字在人间早已拥有了一百具身体。他们互不相认，自诩唯一。却同在某一刻，对着无涯的月色生出疑惑。你眉宇的微蹙里藏有宇宙奥义。为了一探究竟，我生命里的樱花落了一地。

且看，那蛛网速速如盖头般，盖上了万佛塔。我是你的鬼新娘呵！爱情让我从人变成鬼，又从鬼变成人。这叫人疲惫不堪的永恒！采臣，采臣，若鬼也还有一死，请伴我前往我的后半生。允我如最精细的工匠，在你肩头、脚踝雕出花钿，周身打上万字符，凑着你的耳朵吹灭一颗灯笼，再冲着你的眼睫将它们一颗颗点亮。潦草的万佛塔也乘兴披上华装，闹不清是仙还是妖了呢。总得叫人见识见识那些冷酷的柔情。提笔的剑客们一代代冲进来捉鬼，目睹了这番死去活来，掰开这一粒时间的沙，捉到里面细小的颤栗，细小又惊魂。

且不知，这蛊惑人心的月色蛊了谁？又为谁所惑？是我，小倩。别忘记小倩的艳绝。这笔的艳，塔的绝。

4 / 回到子宫

三岁以前,我时常忆起,来这世界时的剧痛。那穿越至暗阴道的疼,直叫现世苦闷不在话下。羊水中的时节,脑壳里倏忽滑过无情世界。躺在有规律的潮汐里,数着浪一会儿大一会儿小,一个浪就是一世纪。

时间,是困住凡神的空心宝塔。塔里的指针走不动,那是一小块凝固的顽石——我即将出生的世界是一间囚室。永世孤独也没有不耐烦,只是比绝望更心死一万万,一种没了感觉的深刻困境,如同无垠的笼子。隔着生铁,我抓不着旧时代的夕照和最后的温存。是的,没有一个人是满意的!无法改变的剥夺感,充满了闭塞的心灵。我渴望品尝痛苦,用别人的心……

时不时我仍忆起那"生前"世界,直到一声啼哭——

现世局促,姑且得救。

5 / 未来考古

"未来考古"系列装置作品介绍:一块来自未来的,镌刻诗歌的石碑文物,撞入平行时空般从美术馆破墙而来——犹如半艘闯入此刻的战舰。"数字石碑"上滚动着人工智能生成的汉字书法。一首题为《N 种永恒》的无名小诗,从似字非字、似诗非诗的碑帖上浮现而出。未来人考现在古。此刻的琐碎日常,在遥远的明天被发掘、观摩,成为考古对象。从过去到未来,记忆被再度创造。

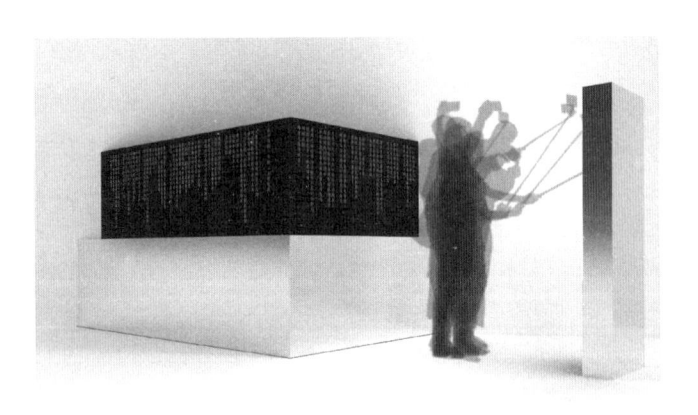

图片作者:黄胤俊

(展览提示:观者可在灯光提示下定点拍照,留下自己头像与诗作的"数字拓印"。)

(2020 年 8 月,于万佛塔)

历史的棋局

1 史实与想象

那时，星空是一张撒开的渔网。

造物主在疏朗的天野，不时增添星辰，结绳记事。多数事物还没出胚。人类连接自然的脐带还没剪断。整个人类的儿童期，梦想与现实之间还没拉开差距，就像彼时的天地，一个白泥一个黑泥，绞叠在一起，须等盘古的大斧劈开。

无怪乎上古时期，史实与想象总搅在一起。先人无意编造传奇，当初的男女就真切生活在虚实相拌的传说里。

2 / 现代唐传奇

山峰之巅,两个唐人。

头戴巾冠,身着青衫,可入黄梅戏的模样。

古国简约地活在一首诗里,唐人不信它法的永生。

活着,就是一次次死去。唐人,从青峰纵身跃下,风吹跑了头上的巾冠,冲走了身上的水洒青衫……双脚着地时,半身裸着,鬓发披散,并无羞惭。男唐人解下一块腰上的残布,给女唐人胡乱一裹,他们就和现代人一般无二地行走在柏油道路上。

3 / 广场上的鱼鸟

是老金上台的那一天,广场上横平竖直地画满了人头。

Y作为大学生代表站在方阵中,听那些生了老茧的报告和蠢话,鼓那些机械有力的掌。有一刻,他被自己无比厌烦的情绪控制了,就拿浑身唯一可以活动的眼珠子来寻找自由。他从前排的人头看到更前排的人头,看到广场上无力的旗帜,看到旗帜上空未被统领的天空。瞧,他看到什么了?一尾鱼!天空上有一尾鱼!它迅捷游窜,带动了四周的气团和空气的密度,所过之处,天空变得透明,像被抹布擦过的窗玻璃。

鱼鸟身量巨大,Y见它恣意地在空中翻筋斗,与鲸鱼在大海中并无二样。Y这时张大嘴巴几乎要喊出来了,他扯动身旁人的衣服,朝上方拼命努嘴,别人却淡漠的样子,似乎什么都没看见。Y就不懂了,他们怎么睁着眼睛看不见天。那一尾鱼鸟直竖起背上的鳍,箭一般朝着广场中心栽下来,像要直闯地狱。要出事了!一声巨响,Y的心揪成一团,正要拨开人群,忽见广场大池从最深的底部泛出一纵喷泉,高出百丈,铆足预备,鱼鸟再次跃起直冲天际,上天入地恣意来回,仿佛他们矗立的广场,只不过是天地间一握拳的空地儿……

4 / 未来剧本

健身房里,学员们正跟着教练跳一种诡谲的舞蹈。舞步将他们随机送往不同的时空,有些不走运的,被弄上了战场,直接当了炮灰。我被送去的时空,似在远古。怪事,我居然在那儿见着了海子。不好意思,这位我喜欢的诗人,在那儿还是只浑身长毛的猴子。当然,是只特别聪明的猴子,诗人猴子。

我跟着他走遍黑山白水,昼夜兼程赶往回去2012的通道。途中他拿出诗集,一看封底,全是赞语。我留心多瞄了一眼,竟见"明玉",这个古装剧里的格格,心里大为惊诧鄙夷——大诗人原也追二流明星。细瞧下去,大惊失色,这明玉可不是什么演员,而是货真价实的清朝格格,那些赞誉全来自各朝各代,有魏晋文人、晚唐诗人、元末大将、清宫佳丽……文本竟是在时空长河里自由往来。不等我缓神,海子已摊开一幅地图——那不是我曾眼见过的任何一种地图!是幅全息图,内有阴阳两界全部时刻的完整图景。画面精深纷杂,相互交叠却不相覆盖,依循某种我们未能识别的规律有序地共存。我浑然呆痴。猴子同仁这时说了句叫人终生难忘的话——

"你我今日的生活,是2066年上演的一出舞台剧。所以,兄弟,将剧本写得漂亮点吧!"

5/ 没完没了的棋局

这局棋,变得越来越困难,且没完没了。

法则如下:一旦涉过楚河汉界,连吃对方两子,双方就互换棋盘。吃别人棋子的,被置换到劣势的一边;快输掉的一方反获生机。胁逼对手反过来制衡自己。

你不断进攻,不断被置换,你感觉被耍,你开始绝望。你要如何去赢?

然而——你不能停步,你不能后退。

(2013 年 10 月)

献给决斗中的人
——截句 2016—2020

1/

与敌人共娱
在一间体面的地狱

2/

瞬间与玫瑰一同枯萎
今天我喝下了一整座修道院

3/

我身体强壮,只对人过敏

4/

一个男人以道德的形式到来

5/

插入她身体的
是一座横身的教堂

6/

早上,采露水泡茶
晚上,接雨水煮饭

7/

未来的生活,即是我写下的部分
是神鼓舞了我的失败

8/

我在世界的任何一所黑夜

9/

大海的材料是一万片蓝色的镜子和一万双蓝
　色的眼睛
大海的味道是一千条咸鱼晾在有风的过道
大海的声响是一百头大海豚睡觉发出的呼噜响
大海的脾气是一只小海鸟一天的运气

10/

我奔走乡间,搜刮各地的脏话俚语
准备创作一部每行每句都带粗话的小说

11/

最浅的痛苦莫过于
失去一个值得失去的人

12/

我寻找的灵魂就是你的造物
你召唤的鬼魅就是我的法典

13/

人类承受不了自由
承受不了爱
承受不了美

14/

诡辩术戏剧化了我们时代的黑暗
多才多艺的心智令痛苦变得可以承担

15/

大师们漂亮的偏见
完美建构了这个世界

16/

将绝望作为日常
在错误中高歌挺进
一夜都在篡改人生,你决定起床
接着做醒着的自己的奴隶

17/

今日未见,雪载盛情
他日相会,依心似雪

18/

爱一个人，不是等待对方来爱你
而是等待对方不来爱你
你站在原地，把这爱站成了一尊石像

19/

此刻
你是一切人
我也是一切人
我们就是全部

20/

伊斯坦布尔的旧城街上
除了男人就是猫
他们是上帝造下的配偶？

21/

她漂亮的手指上永远有墨水的脏污
口袋里揣着纸和口红
以恋爱的姿势工作

22/

花瓶的身价取决于它摆放的位置

23/

存在,作为自身的模仿
永恒的模仿
只有自然不惧怕被抄袭

24/

我在一个笑话上倾注了全部生命

25/

我的乏味足以与世间万物相匹配

26/

你瞧见没?
字里行间那凶手的微笑

27/

我是地狱的常客
我再悲伤
也是凯旋的悲伤

28/

一出火车站
来接站的是青山

29/

每添一条皱纹
就添了一笔杨柳枝
听我的——
你要做永不惧衰老的女人

30/

向玫瑰学习:
纯洁之前先敢于混乱
无用之前先变得危险

31/

你瞧,美人蕉的裙子已连成山川
表白之前,都有一番大艰难

32/

艺术的悲剧意识——
人在永恒面前的永恒挣扎

33/

那些寂寥的夜啊
——群星都落下来
和白发一道

34/

穿一身残荷
走过深秋的栈道
再不开
就来不及了

35/

这些年
跟我通过电话的老友们
一个一个
挂到墙上去了

36/

内心平静成一个清明节

37/

阅兵那天,共和国仪仗队头顶上
两只鸽子正在亲嘴
捂住眼,儿童不宜

38/

马儿嚼着青草
齿间发出"虞兮,虞兮"的声音
命运就含在它嘴里

39/

女儿的金鱼
死了一条
两条,三四条
死亡教会了她数数

40/

若无其事
我那早已属于别人的妻子
仍像隔壁的一株植物

41/

婚姻生活
一潭死水中的波澜壮阔

42/

打开工具间的锈锁
破冰斧,美丽而骇人的工具
宜送给情敌——
去写诗

43/

我年轻力壮的身体——这间新屋里
死亡已生起了炊火。烹烤之下
心一天天地成熟
直至变成死神的盘中餐

44/

她定有俳句的腰
嘴角严苛如七律
平仄一道吻,情郎再下一城
解开虚伪外衣的祷文

45/

爱的幻觉里,我识得了一个你
惊诧于世界与未来的无限性
此后每一天、每一秒的相处
无不都在彼此提醒着生之局限

46/

静等一刻
万物皆春

（2016 年至 2020 年）

假如生活欺骗了我,请继续!

1/ 斋主与债主

有一百个计划等着完成,一百个戏剧开头躺在抽屉里。笔记本里、烟壳背面、发票上、手纸边……到处都是半首诗。可恶的是,激情一过就失去了耐心和力气完成它们。早上醒来欠着稿债,晚上又负着更多债务睡去,劳模她没空贴面膜。就书和鞋两大爱好。

2/ 死古董与活股东

过了三十岁,我便厌倦了修饰自己的容貌(那几乎意味着重复劳动!模仿练习!不断临摹自己五年前的长相)。反之,我开始热心于装修——倾心倾力倾财来搞奇奇怪怪的家居收藏。我收藏的远不止死古董,一心想把家改造一个家庭动物园。狗狗、金丝熊、长毛兔、小鸡、乌龟、猫咪、金鱼、虾、各色小鸟、赤练蛇、小翠青、幼年凯门鳄……猛禽、猛兽我都爱!梦想着家里电视机柜上站着猫头鹰,沙发上卧着一头漂亮的豹子。

3/ 内衣与爱情

一个女人对自己好不好,看内衣就知道了;一个女人此刻的焦虑与需求,看内衣就知道了;一个女人可能的尺度,她对生活有多叛逆多不屑多敷衍多绝望,看内衣就知道了。内衣和身体的关系,有点像爱情。

4/ 一杯橙汁打一圈

酒精无能力,社交冷漠症。要把我拔出家门难死了。活在这世上,大部分人都没有认识的必要。如今赴宴,多是知交老友。不喝酒,天然醉。间歇性绝望时,听朋友们信口开河。几罐迷魂汤下肚,又可以像只喜鹊一样地活着。

5/ 乏味

我不想如中世纪道德家一样宣称"父媾是野蛮人唯一的抒情方式",但我的确认为,现代人对性的滥用,破坏了性的美妙,损害了人类可以企及的情感纯度与烈度。太容易获得,没什么不可取代,这些都让真爱的几率越来越小。性爱的快餐化,使得原本亲密关系中才能建立和存在的微妙分享变得廉价，对于"性的艺术"也是一种损坏。我并不认为那些中世纪压抑的灵魂，比如今的"摇一摇"，对于性爱更缺乏理解。

6 / 理想异性

亦师亦父，可夫可子，劲敌密友，相互滋养。

7 / 一次性

所有人的生活是"一次性"的，没法重复使用。用一生来面对一次性。

8 / 娱乐至死

最大的娱乐就是养生。

9 / 旅行与陌生人

一个人去巴黎旅行，活着全靠陌生人的善良。

10 机器人男朋友

五十年后,都是机器人男朋友/女朋友了。2068年的年轻人会感叹:"天哪,旧社会也太原始了吧,人和人搞,多不卫生、多恶心啊!还有,男人和女人就为了那么点事儿,要说那么多相互欺骗的话,文明真太落后了……"

2068年的《卫生法》明令禁止人类和人类恋爱,只有人和AI一起结婚才是合法的。等到人类男女不得不偷偷搞一些"违法勾当"时,消失了一个世纪的"真爱",再次降临这世界。

11 奔跑的化妆间

2015年在美国拿了驾照,从练习到考试,加起来总共花了十几个小时,像混了个假证。之后再没碰过车。驾照一到手,我就换到了副驾驶,从考场回家的路都是陪考的朋友开的。除非在侏罗纪公园,我一辈子也不想开车。打车多爽啊,我过去这一年的妆都是在出租车上化的。

12 / 照妖镜

面对镜子的判决,我被衰老伤透了心……对自己爱惜中掺杂了不服,我还没有掌握"变老的艺术"。时间和年岁在我的心里是恒定的。大概没有人陷得如此之深,相信自己要活上一千岁。而我就是这样想的,一百岁不是人族的正常状态。

13 / 我的高兴是一种抑郁症

写诗的密友问我,这辈子是否有过自杀的念头?想了想,从来没有。(是不是有点不配写诗?)难以想象世界上有比我更快乐的人。早晨一起床,我就快乐得直跺脚;一个人走路时,我会沉入自造的戏剧一不小心笑出声;我像一只甜瓜,轻轻一敲就快乐得裂成两半。这样很好吗,很健康吗?也许只是因为,家教告诉我:不快乐是不体面的。我鄙视眼泪。以至于日后无论遇到什么事,我只会笑,好看地笑,热情地笑。我的高兴是一种抑郁症。

14 / 人生遗憾

一直想学坏,一直学不坏。我做人太乖,与作诗不合。

15 撞衫与撞词

撞衫没事,撞词不要——词语是我的衣服。

16 贪恋永恒的衣柜

写诗的人对永恒有一种贪恋。思想不由自主被拉伸到漫长的时间尺度中,于是乎对当下的存在和变动有一种钝感。我想,记忆是我们能拥有的唯一的永恒,可它也不绝对保险,依旧在不知不觉中流失、被篡改……唯有写下来,写下来,把永恒钉死在白纸上!

这种念旧和对时间的钝感,也蔓延到了对物质的态度上。以前的人爱惜物,因那些物件上有记忆、仪式、特别的人、日子,以及生命的轨迹。手表金贵,源于手表和戴它的生命时间是一体的,而不仅仅因其造价不菲;一件婚纱,奶奶穿完馈赠给妈妈,妈妈穿完再传给女儿。关于物质最浪漫最有生命力的表达,都与时间息息相关。物质主义,恰恰是对物质的贬低。当买买买变成一种瘾、一种邪教,衣柜极大丰富的同时,附着在物质上的神性和意义消散——衣服不再是与我们肌肤相亲的亲密伙伴,它们很快过时,很快变成垃圾,连同我们的人生也在这种快速消耗中变成一堆报废品。这种态度顺势延伸到了亲密关系当中,从前的一生一世,渐渐沦为了高报废率、高替代性的情感快消品。到头来,消费制造出过度的劳动,转了一圈又把人变成韭菜。而这一切都建立在人类对地球集体掠夺的基础上。呵,如果一个人一生无所作为,或许少买就是他能对地球作出的最大贡献。

在一个丧失了秘密和诱惑的世界,不论诗歌还是衣物,都有义务帮助人们重新建设亲密,让亲密关系不再是快消品游戏,重新建立命定般的高级礼仪。

17／人肉辐射污染探测仪

不好意思地说,我一直像一个山顶洞人一样工作。别说诗歌,就是博士论文和翻译我都有手稿。键盘取代不了纸和笔摩擦带来的那种即兴的欢愉。电子阅读哪里有书籍自身携带的触觉、气息,以及那种敬畏感啊。我一个偏爱纸书的朋友,他最近都改读电子书了,就因为读电子书没啥敬畏心,跳着刷,一本书很快就可读完。我对电过度敏感,大学一年级到机房上计算机课,就立马发烧了;坐在小轿车里不用抬头就知道头顶上有高压走廊,因为会脑袋痛;电子屏的光也让我骚乱不堪……手机、电脑、打印机这些都是污染,神经污染!现代化不仅耗电,也在消耗我们的肉身。这几年不知是耐受力增强还是身体变钝，过敏缓和许多。之前参加了一个众筹，等了一年，终于买到了我过去十年最想发明的东西：电子墨水显示器！然而使用感受直接退回486时代，忍耐运行速度之慢，堪称禅修。后来好朋友又送了我一台电子墨水屏手机，黑白的，试用中，要是谁发来图片，别忘了顺便给我描述下瑰丽的色彩。

18／情人

写作始终是最热烈的情人，且这个情人永不分手。我常常想，这一生可以辜负人，可以辜负事，可以辜负自己，但不能辜负诗。

19／书榜

挑书不是选香港小姐，非要一堆佳丽里面决出冠亚季军。爱过的书人多，都千姿百态千奶万丽的。

20 / 生蛋

真没办法像汪曾祺那样,每天吃完晚饭到书桌前坐下:"好,现在来生一个蛋!"生蛋太难了。我都是憋到不能再憋,再不写出来感觉自己就要爆炸了才动笔。

21 / 想象成为一个作品中的人物

《2666》中的丽兹,她吸引着拥有健壮大脑、成熟心智和迷人性格的男人们——他们从不同的国家出发,相约一起旅行讨论问题,很多是智力连接。除此以外,人类始终需要共同的生活连接。幸运的是,丽兹勇敢地同时拥有。她洒脱地选择了有悖于世俗的,充满智力和激情的生活。小小思想共同体,同时有着休戚与共的命运。

我渴望成为她的另一个更重要的原因是,这本厚书我至今也没读完。没看到结局之前,丽兹的人生还有无限可能性。

22 / 效率

失眠是个万能工具,我从未误用它。

23 / 噩梦

这些年我常常会被同一个噩梦罚醒,就是那个闺蜜听了全身起鸡皮疙瘩的"传统噩梦"。梦里,满嘴巴的牙齿,一颗颗全松动了。一咬齿,下排的几颗槽牙,如牛轧糖一样被上排的臼齿粘上去了……舌头一舔,牙滚了满嘴,一粒粒吐到手心里。最心碎的是,吐出来的全都是洁白的好牙,一粒粒光净完整,没一颗蛀的。现实中,我确实一口好牙挑不出毛病。有一次,我忍不住把这个噩梦告诉父亲,他惊呼,自己年轻时也一直做同一个噩梦。直至他上了年纪,噩梦不好意思再骚扰长辈,才找上我。我俩一合计,莫不是家族先辈身上真发生过这件可怖之事?恐惧的记忆过于强烈,在基因中挥之不去,一路遗传进子孙无意识的梦中……也许,人类遗传下来的远不止体貌性格,还有恐惧的历史……我们百科全书式的潜意识,正是历代祖先们人生碎片的海洋。世间哪有一桩偶然事,没有一件不是梦幻,也没有一样不是实存。

24 / 俗人与病人

反常或病态,有时是一种天赋的敏感,是异化过程中被遗漏的部分。而所谓的"正常",才是一种刻意的人为产物,一种人格规训。"正常",有可能是那些最可怕、最奴性、最不具有思考力,以及本能堕落行为的修饰形状。俗人让我最不耐烦。比起俗人,病人都更有魅力些。

25 / 瘾

对所有美的事物上瘾,对丑掉头就走。美是最大的教义、最好的教堂。

26 / 最好的死法

死在情人的怀中。

27 / 信仰

此处的信仰不是宗教,是宇宙观。每个人都活在无形的"限"中,活在自身、他人、时代的有限性里。只有"信"能破"限"。

28 / 三观

拥抱了一种随时随地自我更新、迎接崭新生活的盛大幻想。在写作中，同样也是不断背叛自己先前的写法儿，有时候真觉得，少作宜毁。

29 / 牺牲

昨天在一本苏联回忆录里读到一句话："当时我信仰共产主义，我不需要教堂。"不论是共产主义，还是教堂，还是什么运动、使命，抑或某个具体的人……人永远需要一个大于自己的存在，以便活在某种意义当中。

30 / 共识

中国人太多了，你和这一群人达成共识有了共同语言，就必定有另一群人与你无法理解。

要有"共识"，更要有"不共识"。处理不共识的部分，才能体现共识的精髓。

31 / 越来越多的敌人

我曾经没有敌人。但凡班上搞民主投票,我都是高票通过。父母一直教导我要欣赏每一个人的闪光点,去理发都能和发廊小妹交上朋友,孜孜不倦地听她诉苦,直到理发店打烊。那时我的爱没有分别心,我同情心泛滥,没节制地需要来自每个人的信任和故事。年级上讨厌我的男生,我最终也把他们变成了朋友。我大概是像一个小牧师一样地活着。直到某一天,头脑中完美的世界开始漏洞百出。这些年,我的敌人越来越多了,我为此感到高兴。

32 / 精神导师

我的文学启蒙最早来自父亲。他中文系毕业,年轻时多才多艺,样样都能玩。手工也好,喜欢搞各种小发明,但最终无一精通。最动人的,是爸爸身上那种倦怠掉的、凋零的天才。才华都浪费了,他却惬意得很。他后来彻底放弃了艺术。他曾有过的激情梦想,以及他的失败、他的遗憾,都是我的导师。

33 / 遗老与先驱

一百年后还有人类吗？这几年我越来越有遗民的感觉——不单单是民国遗老、封建余孽、维多利亚老灵魂……也许我们是这个世界上最后一批纯种生物人了。新旧文明即将交替，可生活观念落后了岂止一个朝代啊！这代人有生之年，没准儿就能眼见人工智能颠覆传统伦理，婚姻制度解体，体外受孕流行，劳动结构彻底翻新，寿命大幅度延长，道德观持续更迭……如果这一切必然到来，人完全可以获得内在的解放，不受传统现实绑架分毫。然而，以上纯属理论推导！实际情况是这样的：新的时代就在跟前，可我却像一个遗民一样活着！如同在一片即将拆迁的棚户区，花费毕生精力建造一幢传统宅院，我的生活说到底是基于注定溃败的过去，而非基于必将到来的未来；我的行动远远跟不上我的头脑。知识分子究竟如何真正做到知行合一？如果这个社会负责思考的这一群人，他们倡导的理念甚至指导不了自己的人生，又如何有可能去引领群体的方向？

34 / 买的终极秘密

所有人的终极梦想，有且只有两条——不老和不死。试想，如果能不老不死，我们还需要买什么？还要什么婚姻子女？其余一切欲望，都是求之而不得的结果，是这两者的衍生品和替代品。浮华背后是悲凉。

35/ 唯一的等待

这个世界上所有可能的事情，都已经被人做过了。剩下的不可能的事情，就是奇迹。只有不可能的事，才能够把梦想变成现实，从凡人变成超人。历史上那些真正巨大的转折，多是不可能的偶然，或者说，某种失控。而一手实现它们的，往往不是圣人不是贤人，也不是最聪明最漂亮的人，而很可能是莫名其妙的人。我想我们这个时代也应该有奇迹发生。为什么呢？没有为什么。能解释清楚就不叫奇迹了。这个世界上最高级的东西、最美的事物，都只能感知，不能解释。如果奇迹没有发生，时代就辜负了我，这个"我"是指所有人。辜负了一代人的想象力，也辜负了我们活着的所有时间。没什么事情值得我去等待去努力，除了奇迹。

（2018年冬）

亲爱的句子,猜猜我是谁[*]

题记:春节百般聊赖,办了一个派对,一口气邀约了29位诗人,将他们聚到一张纸上,叫这些句子混着这一刻的香槟,你侬我侬东倒西醉,共同消磨诗歌——这一过分不民主的文体。

谜面

1/

云雀叫了一整天[1]
我一口气活到了今天

一个人活着,就会做错事[2]
而错误,又是多么迷人
纵射炮火般的脊椎,修士般耐心的喙[3]
我的吻成天睡在妓院与修道院的隔壁

---

[*] 这首诗歌中楷体部分为集句,宋体部分为原创。

一个人不得不越过如此之多的冰和教条
才能获得欢乐并面红耳赤地醒来 [4]
以前的憎恶，都是我的罪过 [5]
以前的爱情，都是我的惩罚
谁此刻孤独，谁就将永远孤独 [6]
我彻夜未眠，等待那些亲爱的客人 [7]

一束心脏，大得像一个国家 [8]
遗忘我的人足够建成一座城市 [9]
假装爱我的人足够串起一条黑市
一切都是种子，只有埋葬，才有生死 [10]
一系列大事件无情地把我们削减回本来尺寸 [11]
四月是最残忍的季节 [12]

我深信那就是一切 [13]
你就是我爱过的所有男子
可我总感惶恐，就像参加过恐怖的夜宴 [14]
岂不知对视三分钟，足够传染上任何疾病
愤怒把一个男人捣碎成很多男孩 [15]
他于是在一百个女人身上报复了母亲
彼得堡！我还不想死去！[16]
如果爱不能相等
让我成为爱得更多的一个 [17]

你与另一个女人过得如何[18]
我已厌倦了女人的一生
你是否也憎恶作为一个男人
我亲爱的。你是否艰难得
如我与另一个男人在一起时一样?[19]

世界属于坏女孩[20]
说这话的都是好女孩

2/

从今天起,词语就是我的衣服
赤裸的伤口和污秽不堪的衣服[21]
爱情,就是在练习孤独
写诗,就是在练习死亡[22]

从今天起,做一个幸福的人[23]
我的孤独是一座花园[24]
欢迎到花园里来玩
当孤独成为时尚
反抗当作日常

书本变成读书人的道具

沉默代替了事实

沉默即是谎言 [25]

从今天起,天堂和地狱联姻 [26]

醒悟是梦中往外跳伞 [27]

失眠是个万能工具

我拿起武器反抗正义 [28]

拿笔的女人,就是拿剑的女人

人民都是我的难民

不幸曾是我的上帝 [29]

我描写人类曼妙的恐惧

从今天起,尝试赞美这残缺的世界 [30]

野蜂蜜闻起来像自由 [31]

这世上没有一样东西我想占有 [32]

我知道没有一个人值得我羡慕 [33]

湿漉漉的黑树干上花瓣朵朵 [34]

陌生兽类潮湿的鼻息放大成世界的喘息

灵魂选择自己的伴侣 [35]

世界是一大把的玩具

从今天起,我们分享食物交换诗句

谜底：

[1] 木心（1927—2011）

[2] 维斯瓦娃·辛波丝卡（Wislawa Szymborska，1923—2012）

[3] 同上

[4] 勒内·夏尔（Rene Char，1907—1988）

[5] 周作人（1885—1967）

[6] 赖内·马利亚·里尔克（Rainer Maria Rilke，1875—1926）

[7] 奥西普·曼德尔施塔姆（Osip Mandelstam，1891—1938）

[8] 玛格丽特·阿特伍德（Margaret Atwood，1939—　）

[9] 约瑟夫·布罗茨基（Joseph Brodsky，1940—1996）

[10] 顾城（1956—1993）

[11] 菲利普·拉金（Philip Larkin，1922—1985）

[12] 托马斯·斯特尔那斯·艾略特（Thomas Stearns Eliot，1888—1965）

[13] 豪尔赫·路易斯·博尔赫斯（Jorge Luis Borges，1899—1986）

[14] 夏尔·皮埃尔·波德莱尔（Charles Pierre Baudelaire，1821—1867）

[15] 塞萨尔·巴列霍（Cesar Vallejo，1892—1938）

[16] 奥西普·曼德尔施塔姆（Osip Mandelstam，1891—1938）

[17] 威斯坦·休·奥登（Wystan Hugh Auden，1907—1973）

[18] 玛丽娜·茨维塔耶娃（Marina Tsvetaeva，1892—1941）

[19] 同上

[20] 西尔维娅·普拉斯（Sylvia Plath，1932—1963）

[21] 夏尔·皮埃尔·波德莱尔（Charles Pierre Baudelaire，1821—1867）

[22] 娜杰日达·曼德尔施塔姆（Nadezhda Mandelstam，1899—1980）

[23] 海子（1964—1989）

[24] 阿多尼斯（Adonis，1930—   ）

[25] 叶夫根尼·叶夫图申科（Yevgeny Yevtushenko，1933—2017）

[26] 威廉·布莱克（William Blake，1757—1827）

[27] 托马斯·特朗斯特罗姆（Tomas Transtromer，1931—2015）

[28] 让·尼古拉·阿蒂尔·兰波（Jean Nicolas Arthur Rimbaud，1854—1891）

[29] 同上

[30] 亚当·扎加耶夫斯基（Adam Zagajewski，1945—   ）

[31] 安娜·阿赫玛托娃（Anna Akhmatova，1889—1966）

[32] 切斯瓦夫·米沃什（Czeslaw Milosz，1911—2004）

[33] 同上

[34] 埃兹拉·庞德（Ezra Pound，1885—1972）

[35] 艾米莉·狄金森（Emily Dickinson，1830—1886）

（2018年春节）

秘密唇语

纯粹的诗,由语言、音乐和沉默共同构成。沉默,至关重要。一首诗最沉默之处,极有可能就是它最想表达的"灵魂的爆破"。那是一种秘密的唇语。

秘密唇语与勃朗宁夫人的耳朵

1

诗人，总是活在与众不同的时间里。诗歌的宇宙观和时间观——非线性、反逻辑。每一行可能都是一个新时间的开始，每一行都在追求灵魂惊跳的时刻。纯粹的诗，由语言、音乐和沉默共同构成。沉默，至关重要。一首诗最沉默之处，极有可能就是它最想表达的"灵魂的爆破"。那是一种秘密的唇语。

2

一首诗往往有自己特定倾诉的对象。这对象，可能是一个人，可能是一群麋鹿，可能是时代精神，也可能是无尽黑暗。诗的晦涩，带来了它天然的亲密性和私密性——它因而谙熟拒绝的艺术和神秘的风情。据说，当年博尔赫斯的第一本诗集《布宜诺斯艾利斯的激情》在欧洲全境只卖出去了37本。当别人问他："你的诗销量这么差，会不会很沮丧？"博尔赫斯说一点也不！他又解释了一番，大意是假如我的诗卖了 370 本或 3700 本，我都不会像此刻这么高兴。因为假如卖了 3700 本，我面对的是一个模糊的读者群；但只卖了 37 本，每一个面孔都是清晰的。我跟 37 人中的每一个都产生了最真实、最亲切、最私密的交流。

3/

诗是咬着耳朵讲话的！有好的诗，还要有好的聆听的耳朵。想想吧，即便勃朗宁在为您读诗，可您是不是有勃朗宁夫人的耳朵？跟一首诗歌的知会，有如情人的耳语。

4/

诗和大众，一定是对立面吗？庞德表达过相反的观点，诗是新闻且永远是新闻。法国大革命中，攻占巴士底狱的新闻，就曾让远在巴黎的诗人们站成了两派，甚至几个世代之后的诗人们还在持续辩论。关键的问题不是新闻，而是事件本身的价值，以及诗人对于事件的反应。诗人保留了时代感性生活和智性生活的记录。很难概括地说，他们是不是曾经的新闻记者。因为诗人从来也不是一个群体，他们永远以极端个体面貌出现。陶渊明会读报吗（假设公元四世纪有报纸）？

这是一个有趣的问题。但山中别墅却一定要通水通电。无论如何，诗并不仅仅是退隐之事，它关系到人类事务的核心。

5/

有的诗是写给眼睛看的，有的诗是写给耳朵听的，有的诗是写给脑子转的。当代诗歌繁衍分化出了很多不同的品种和子嗣。新诗是视觉艺术，是音乐，也是思维的极限运动。

6/

说新诗不需押韵了，是不对的。现代诗的格律内化了，如果要写好，其韵律严苛程度不下于古诗，力气都用在了看不见的地方。一首真正的好诗，是不绝的音响。

7/

新诗的母亲是确定的——中国的古诗词；但它有很多个可能的父亲，其中一个就是翻译。这是新诗无法回避的血统。诗歌的复兴，无疑也是文明的复兴。

8/

　　世俗的地心引力，让诗人都成了矮子；而另一些冒牌货，在广告牌上高高屹立。各种网络和电视节目，让越来越多人把抒情歌手当作这个时代的诗人。海子当年如果不卧轨，也许可以当一个走红的民谣歌手，虽然他绝不会承认也绝不会不满足于此。民谣总是传唱着一个比我们的时代更好的时代，与之对应的，是巴迪欧口中当代哲学的怀旧倾向，即"崇拜所有价值之物的丢失，而最终也是崇拜当前本身的丢失"。这种时代忧郁，跟诗人有天然的血缘。可今天，有几个摇滚界的拜伦、民谣界的杜甫呢？又或者，一个横空出世的北京胡同儿鲍勃·迪伦？

9/

　　诗歌尊重几千年积攒下来的习惯，但更要反对惯性。这大概也可以解释，为什么诗人的人生往往充满了布朗运动。莱维曾经描述过，在奥斯威辛集中营里那些最优秀的人都死了，而那些糟糕的人，他们由于最能适应非人化恶劣环境而幸存下来。如今在"牺牲者"和"幸存者"之间存在很多种过渡角色，诗人们于是有了更多出路。究竟要做演化链条的哪一部分，与大众流行保持何等距离，这其实也取决于我们对身处的这个时代的判断。

10

诗歌最不会撒谎。一首诗会毫不留情折射出诗人的性格、立场、生活,他灵魂上有多少灰。所有的一切,都会在诗里种下种子。

11

一个严峻的问题是,诗歌的神圣性和血性正在遭受磨损。有正义的诗歌,不一定有公正的选民。常年在诗坛的人都能感觉到,这是个最热闹又最寂寞的地方。古典中国的生活根本上是一种诗歌生活。在中国古代,平民是无法直接和天神沟通的,必须要经由一个中介力量——也就是"士",知识分子在一定程度上充当了"巫"的角色。如今知识分子身上的很多职能被吞噬了。近代史,可以说是一部知识分子的自我羞辱史。我们正经历着历史最剧烈的嘲讽,过去的从未过去。究竟应该怎样重新去处理我们和神性之间的关系——是延续一个暴力的革命话语,还是返回古典?我们处在一个和上帝"失联"的时代,究竟该以什么样的形式与上帝重新沟通,如何尝试用一种美学方式,测探知识分子内部在历史、身份、文化偏好和政治上的诸多分歧,在一个严酷的语境里,重新寻找一种庄严而典雅的诗性生活?

12/

平庸的优秀,是诗艺最大的敌人。

13/

诗人都是天生的。靠勤勉练习,只能获得某种优秀,但在诗歌里优秀是无效的。80%的烂诗人和19%的优秀诗人,最终都是为了那1%的真正诗人而生,为他们而写。这残酷极了。

14/

诗人是永远的少数派。诗歌也只对自己的选民开口说话。

15/

诗不伺候大众。但在中国这样古老的诗歌至上的文明里,诗歌跟每一个人之间的关系都即兴且微妙,它每一天都在以惊人的方式潜入个人和民族的历史。你不关心诗歌,诗歌依然关心你。即便你没有想到诗,诗歌业已在你身上秘密地栖息。不知不觉中，一段亲密关系已经在发生。

16

　　诗，不在远方，不在无限之中，它可能就在最大的有限性里，埋藏在我们的日常生活中，就看谁先扣动扳机。

（2020年3月）

美是真正的最终的霸权

1/

诗歌终究是一种语调。有些诗歌天生具备一种迷人的调性,刚刚吞下两句,它就迷人地攫住你,再不松口。它像一条柔软的蟒蛇,在你不设防的情况下,千丝万缕清凉地缠遍了你全身。当你想面对它,了解它,甚至爱它时,你猛然发现:它的面目一瞬十变。根本逮不着它的真身原形。这是一条九头蛇!

2/

在一个个紧绷的句子中,美女蛇拉开了架势,等待着一场生死未卜的鏖战。语法统统被砸烂,主谓宾陷入暧昧,充满奥妙的可能;万物张开触角随时相连,犹如不断交换角色的幻影。这番通感,可以上溯到古希腊万物相通的精灵信仰,山海经中清宏玄妙的上古灵性,乃至佛经中的无缘大慈同体大悲。于是,一首诗在黑暗中无限繁殖,犹如一行行精密的数学公式,在想象的世界里无限推导。推导至后来,已不再是简单的社会观察或人生经验,而逐渐纯化为一种纯粹形式;抑或,哲学削骨剔肉后留下的血髓。当你终于放松警惕,试图理性对待——这条蟒蛇冷峻的激情突然一口咬住你,压抑的深沉嚎叫未及喊出,诗中的毒液已慷慨地灌注进你周身。

3/

瞧!那正在变蓝的人,以脆弱之身,勘探诗歌的无底洞、黑洞、深渊。天上飘下来一个撒旦。

4/

九头蛇的魔力,恰在于对魔力的揭穿,打破生活的魔法镜面,看到一张激烈的脸。在暴动之下,仍保持了精美的音韵。

5/

它质问生活,如一个腹诽的居家女人,要擦抹一张满是油腻的桌子。我们的语言是用久了的茶杯,时间一长就泛起一层茶垢。陌生化的诗歌,提着抹布,卖力地摩擦清洗这传统的积垢。

6/

困顿于日常,九头蛇身体中却居住着一个用歌声迷惑航海者的塞壬,并时刻想着显出原形。

7/

有常有异的诗句,命定般串在一起——诗是大巫的歌泣。譬如读屈原楚辞,是美人长哭;读李白豪言,是饮者长啸;读李煜缱绻,是君王长嘘;读杜甫家常,是中年长叹。吟诗是与天地沟通,和命运对垒。唯有以美来应对厄运。

8/

海崖般陡峭的措辞中,迷航者听见决裂之声。文字如此葳蕤纠缠之诗人,必有不平之命运。而不平,亦是不凡。

9/

促使一个诗人走上创作道路的是身后追赶他的长鞭——对,灵蛇化身!

10/

箭弩正在拉开,有人危在旦夕。然而,表演痕迹太重,写作和阅读的关系退步为表演和观看,双方都不当真。

11/

写诗是绝对的裸露。

12/

九头蛇如幼女般赤裸着精神站在我们面前,毫不示弱。

13

当她站在舞台中央,她恰巧站在了自己内心最封闭的无光角落。

14

你内心还没被锋利无比的情绪填满,还没感受到一种富足的疼痛——它们是与仇恨同质的情感。尽管经过了悉心掩饰,你还是能知觉到,这些宁静和险恶并存的力量来源于爱的黑洞,犹如走进绝不平静又寂静无比的山村夜心。

15

凛冽诗行中,内心的风景,连同世间的风景,一并呼啸而出。放逐塞上,冲入眼帘的是大漠孤烟直,长河落日圆;说起江南,脑海中便浮现日出江花红胜火,春来江水绿如蓝。诗词先于实存嵌入血脉,它不断召唤出眼前的风景。某一世,陌生的你真有机会亲身去到塞上或江南,不禁发出了同样的感慨,你如何确定第一眼看到的究竟是第几重现实中的风景?

16

笃信"另一个世界",比如梦的世界,并且视彼世界为另一种"真实"与"日常"。

17

美是真正的最终的霸权,它随时随地侵略每一颗未经采摘的头颅。

18

伟大的引诱者,匕首掖于文字之下。一个诗人,无法逃避地成为一个诗人。

19

写作是最爱恋、最折磨你的情人;思想是可以穿、可以脱的衣服;阅读和文字是多出来的眼睛、耳朵、鼻子、手脚,是另一套去触摸世界的感官。但总有那么一些时刻,你就是挑不到想要穿出去的衣服，就是榨不出思想，你所有的神性感知封闭了，像被关进了一间黑屋子。这是要命的事。那一尾挑逗又侍弄你的九头蛇，突然间她拒绝了你！被她拒绝的感觉真是万劫不复。你只有等待，随时待命，对缪斯保持绝对的忠诚，等待她毫无预兆地再度降临。

20

犹如球状闪电，诗句不分青红皂白地砸下来，不问来由，不知所向。

21

狂欢是一种失传已久的传统。古希腊人用一年一度的农牧节，来释放被日常生活和法理道德压抑的神经。九头蛇细长分叉的信子，扫过电格满满的诗行，所过之处，皆是发炎的脑颅和沉默的嚎叫。

22

诗，既是一种人渴望理解命运、超越命运的本能，更是一种轰隆隆到来的觉醒之美。

23

舔舐耳垂，只听它讲：女人受伤等同于耶稣受难，绝不逊于任何一段重大的历史。要义在于，重新打开听觉、触觉的机关，用女人不同于男性的感官天赋，娓娓重诉世界的童年。

24

"幽兰""千帆""白鹭""西岭"，一系列古典洗脑意象娉婷而来……这些组成古中国的虚无砖块，在几千年中，拒绝被转化成知识和器物，成为传统的幽灵。秦砖汉瓦铺出数码仿古一条街，满纸荒唐言最终敲进了微信，营救这个时代文人的琐碎人生和不死炽情。那一尾灵蛇，在轮回中一次次回避了物质上的枯朽，用虚无裁定现实，并将这高深莫测的历史逻辑，向虚无的深渊更推进一层——不仅是虚无，还有虚无的枯朽。

25/

迷航者在某个无聊的清晨垂死梦中惊坐起。头脑荒凉，手脚沉重，他醒在了错误的时代。从他身体里拖出一只爬行动物的冷腥味儿——九头蛇在肺里留下了一个过不完的冬天。生活在树上的心脏和眼睛，我们单细胞的祖先，吐出一个一个词，一行一行句子，珍稀如灭绝的美丽生物。

26/

所有的诗与美，都是为了解放我们，让眼前的生活不是唯一。

（2017年至2023年8月）

风流作为一种文学姿态

一个中学的文学社活动,来了近一千个学生。一位男学生往讲台上递来张小纸条:"老师,我有一个问题可能不大得体,请您原谅。我喜欢一个女生,她喜欢写诗,我为了追求她,也开始写诗。我想说,我作诗是有目的性的,是不纯粹的,这样写诗是不是不纯洁?我觉得自己玷污了诗歌。"

唔,大概也只有最最纯洁的心灵,才能问出这样可爱的问题!

每个人天生都是诗人。纯洁的心,其实就是一个天才的傻瓜。时间是可鄙的,我们不去想时间背后曾经发生过的一切。坐回日夜摩挲的书案前,熟识的行刑椅,自我建筑的孤独,一切都是我与你设下的豪赌。自从作出一个重要决定:和诗歌一起生活——爱情,好像是我们多年来理解彼此意志的捷径。正午强光,如时代精神狠狠打在脸上。不如,就让我独自啜饮这份潜行空间里的风流判词——

1/

究竟是爱情诗模仿爱情,还是爱情模仿爱情诗?这是一个问题。

2/

我陷入得如此之深。好像注定不结婚不生育不死亡。只有枯萎，像天空、河流一样地枯萎。

3/

之所以当初选择你，是因为语言。我们共同的生活，恰恰粉碎了我们共同的语言。所有说出的，写出的，都在量子态叠加。坍塌，不就是最真实的爱吗？亲密伴侣最后被打败，他们恰巧跌落在一个水平线上，这个井底的名字叫婚姻。

4/

请告诉我，每时每刻发生最多的是什么？是欺骗？不，应该是死亡吧。我看不见自己身体里有些什么在不停地夭亡，跟花开花谢一样。

5/

　　语言连接着人的内部世界和外部世界。当语言被简化、被同化、被庸俗化时,意味着我拥有的世界急速缩小。排除了诗的生活,相当于砍掉了隐形的翅膀;无法在理想的语言中思想,如同身陷无爱的婚姻。现在,我需要重新借用你幽微的语言,别说什么"有用"和"没用",那是奴隶的判断;与之对应的那种快乐也是奴隶的快乐。拒绝属于奴隶的快乐!

6/

　　当年轻时那种适度的悲伤感和黑暗意识过去之后,你的地狱反倒是光明的。地狱只是一层外壳,是盘弄出来的文字的包浆。

7/

　　历史从来都不是一个人顶替另一个人,而是一个群体取代另一个群体。

8/

万物正迎来一个"凡人天才"的时代。这些凡人,曾经是集体杀死天才的凶手,但他们在历史中免责了。如今,他们做了艺术家,若不引发艺术的集体自杀,他们会将艺术带向何方?艺术又会分裂出几重命运?兴许再次回到古早的民间口头文学传统——共享概念下的另一种"集体创作"……就像是走进了一座森林、一座大都市,没有一棵树、一个人认识你,那才是一种真正的解放。匿名的艺术的解放。

9/

这些荒芜的人群心中全无真理。

10/

我时常感到枕边躺着的是一个精神病人,但是,是个冒牌货!一个伪装的精神病人。天经地义,你就像吸血蚂蟥一样榨干你的爱人。

11/

在长期的冷漠对抗中,双方日益加固自身的情绪悲剧和恶意揣度,早先伤害带来的羞耻感不断加深,转化为伤害对方及伤害自己的动力。面对彼此变得困难,实际上是无法面对自己的改变,那些软弱、羞耻,以及在可能的战争中丧失的正确性。然而没有哪一个政体、哪一种艺术、哪一个人绝对正确,永远正确,如果一味地偏执于情绪认定的真理,那么我们的所有反抗都将归于徒劳。

12/

有的人经营的是自己的日子,有的人经营的是自己的名字。那些经营日子的,忘情地活在自己的小生活里,有时甚至忘记了自己;那些经营名字的,他们的价值都附在几个字上,名字就是他的公司、他的宫殿。

13/

就像教堂这种建筑是对上帝的礼赞,诗歌这种文体是语言的圣殿,每一行都是朝圣之路。

14/

　　拒绝做一个忠诚的古典主义者？胆敢见识现代主义的风情万种，必须有200多块弹片穿透下半身（海明威在战争中遭遇炸弹袭击，被200多片弹片击中，留下了满目疮痍的右腿，那时间他原本在战壕中分发巧克力）。深情总是要通过受伤去实现。

15/

　　那么，你需要在我身上重新确认。我们之间不要再搞没完没了的斗争了好吗？如果整个四月是诗人的惩罚，惩罚也够了。听说，从前阿拉伯的部落中，一个女孩爱上了诗人，女孩的父亲必强迫她嫁与他人，以证明女子贞操尚存，家族名誉未被玷污——只因诗人的放荡之名太甚。眼见心爱的女子出嫁，诗人怀着受伤的圣徒之心，或死，或流亡远方。从此世俗之地只剩流言。哀歌在中世纪络绎不绝，然而声名狼藉从未妨碍崇高，阿拉伯神秘主义教派依然认为，诗歌属于完美类别，是距离真主最近的存在。

16

究竟怎样去处理你我和神性之间的关系？以什么样的形式与上帝重新沟通？武断地说，我们现在就是处在一个和上帝"失联"的状态。现实肉身太过沉重，所有轻逸的写作怎样飞起来？如此这般，绝非一味的复古——所有真正的返乡都是在重建新的故乡。

17

太阳能转化为肌肉，肌肉转化为意志，意志转化为铁。太阳神和月亮女神交媾，肉身才能形成有自我意志的纯意识存在。常年在写作这条道上马拉松的人，面前有三道关卡：第一阶段"青春写作"。少年情怀总是诗，即便不知愁，也要强说愁。但凡愿动笔，谁都是天生的诗人。第二阶段"肉身写作"，即不断地燃烧自己的生活和经验，这种写法儿特别耗人，没几年就熬干了。柴火总有烧尽的那一刻。但这一阶段已经可以出"人师"了，作者用自己的精气供养心爱的艺术，像海子的诗、凡·高的画、尼采的哲学、艾米丽·勃朗特的《呼啸山庄》都是用力过猛的杰作。进入第三阶段，作家开始依靠"修养"不疾不徐地写作，作品与历史社会进行广泛的结合，与作者的状态则是进得去，出得来，拈花一笑了然于心，写作成为一场修行。只有到了这个火候，文学才是可持续的，否则就会变成早夭的文学。诚然，早夭也有天才。每个阶段都有极致的人物和极致的写作。但既然还没死，个人的经验又如此匮乏，就需要不断进入无穷的"他者"。

18/

每一个底层悲惨者的现在，都可能是幸福的体面人的未来。

19/

别用一套漂亮话来绑架我，也别总逼我说为现实服务。诗人本就是预言家的后代。写出的诗，对世界先有一个预判，然后等待时代去实践诗，模仿诗。

20/

一个人的创造力是有限且脆弱的。诗人以为是自己一个人在写作，倘若三更猛回头——伏案的身影背后站着庞大的幽灵家族，千百代的传统，无穷的祖先。

21/

写下来就是墓碑，纪念碑，里程碑。

22/

"诗，一定要写出来吗？"嗯，不一定！可……人类就是这样，最终我们只会记得写下的部分。灵魂惊跳的时刻，滑过去就找不见了。天地、潮汐、身体的化学作用都变化了，哪里能把"心动"找得回来。如此说来，诗也是有关失去的，时时刻刻的失去……

23/

当人身上的诗性逐渐消失，就像是被剥掉了香水……女人心中的爱情消逝，亦是如此。

24/

安于自己的生活，这是唯一的选择。每当我有一丝这样的念头，就鄙视自己在选择一条更为容易的道路，是对生活和爱的妥协。我因此更加难过。我祈求平静，静到看不见自己。你一句一句，你是一台永恒的大戏。是我自己把自己推上这个悲剧舞台——念着悲壮的台词，对身边的生活妄而不顾。

25/

在别人看来，这是悲情的一幕。但我始终感觉不到。我相信一种莫名的未来。

26/

选择幸福还是选择伟大？这个时代没有一点严肃的东西打动不了任何人。

27/

诗人需要绝对的赤诚。他们大多功利且天真。要干就干大事，要走就走捷径。

28/

　　我无时无刻不想把心里的想法托付给你。它们好似季节，只会流经身体一次，便不再回来。写诗兴许是这个世上最不需要努力的事，它勉强不来。倘若遭到拒绝，就去热烈地生活吧。总有一行诗，伴我浪迹天涯。

29/

　　每次全情投入一部作品，就好像在你的世界获得了一个分身；反之，现实中这个版本的我，又如何证明不是你的分身与投射？

30/

　　我们彼此在彼此之外。像面对许许多多清洁无瑕的镜子，你虚构了我，陪伴我度过一天天浑浊的日子。

31/

科学世界同样基于有效的虚构。从某个虚幻的基点出发，在假设之上推敲得兢兢业业，最终得到一条简洁的方程式，达成某种法则。那是另一种世界的缥缈，和文学的本质没有两样。

32/

你依然是支撑我生命的动力。奥林匹斯山脉上的歌声时而崇高，时而走调，时隐时现，时人时鬼。深入神圣的道路有无数条……

33/

我渴望捕捉你，亲爱的，而你的秘密像一堵墙。譬如两个中等质量的黑洞发生碰撞时释放的引力波，恰巧在听觉范围以内，那简洁、均衡的信号音里，有枯燥的诗意。它涵盖了世间所有优美、缓慢、尖刻、冷漠、可能的冲动与情感。与诗一样，所有波动都在倾听宇宙的声音。

34

永远有更加迷人的文本存在，也永远有独特迷人的人本——那是诗人本身的生命特质、诗人的命运、诗人的色彩等所有这一切我们归之为魅力的东西。诗跟人永远无法剥离。

35

与其赞美一个人的史诗，不如去等待那注入了一个诗人全部精力、艰辛和灵魂的一本书，一个奇迹。最终人变成了书。

36

诗自有它的打算，它在不同时代里起起落落，我们都只是它的道具。

（2018 年至 2023 年 9 月）

评　论

销魂的诗

一个诗人，面目狂浪，内心谦柔，他深谙每首诗皆有两次生命——第一次是呼啸独吟于冥冥之中的孤魂，第二次终觅得诗人之手，幸运地在纸上重逢重生。

销魂的诗

诗人用初生之眼，察看这天地人间。诗句上，凝结着受人妒羡的永不衰老的眼神——它一次次回望。

早在新诗初生之际，废名先生就区别过新诗跟古诗。他认为现代诗跟古诗的一个分割点在于：它们统领的内容迥异，新诗所表现的内容，很多是古诗的体积装不下的；他同时相信，现代诗早在被写下之前，诗人的情绪已是完成态。这无意间点到了诗人的要穴，亦是诗之晦涩的最初来源：一个被诗的雷电劈中之人，往往说不清诗之由来。真诗几乎是从天上砸下来，那些陌生又熟悉的词句，都是失散的故人，是牛顿的红苹果。落笔的刹那芳华间，整首诗已在某一时空里亭亭玉立。诗人接下来的工作，是二次孕育——将此曼妙无比的生命体接生到人间的纸上。

一个诗人，面目狂浪，内心谦柔，他深谙每首诗皆有两次生命——第一次是呼啸独吟于冥冥之中的孤魂，第二次终觅得诗人之手，幸运地在纸上重逢重生。

绝大多数有关诗艺的讨论，都是基于第二次生命的解析、试炼，孜孜不倦便可敷衍出长篇大论。关于第一次生命，众诗家讳莫如深，几乎视同秘技。然而，相较于诗那万世不竭的生命力，写作之人的肉身何其不堪。一个人又何来的自信和鲁莽，让他真敢相信，自己可以一己之力铸成伟大诗篇？若不是身后站着千百代的诗魂，若不是千万双手把住他那一只手，又何来的力拔山兮的气力去握住那一支笔？毕竟，是谁说的，所谓才华就是努力也得不到的东西。

不论承认与否，最重要的东西往往是在瞬间成就。文学中的真正部分发生在 0.01 秒，有如氢弹爆炸的毁天灭地，一个接一个的火球，把纸烫出大窟窿。写下来，又或者写好写坏，只不过是千般努力不去辜负诗，万般小心不去毁灭诗。可一首诗之所以站成一首诗，而非分行的骗术，根本原因还在于它第一次生命中带来的"氢闪"——那极具毁灭性也极具创造性的能量，送来诗歌特有的顿悟。立地成佛。叫它"灵感"实在太过轻佻，那是活几辈子也不一定捉得到的鬼精踪迹，是如何求也求不来的灵丹妙药。剩下的事，就是坐下来，然后花上几十倍几百倍的时间去缅怀——等着你的都是行活儿。

可如若真活成一个行家里手，没有"氢闪"没有礼物的情况下硬写，到头来难逃有缘无分。武侠小说里少林寺从不缺绝顶高人，下面的小和尚一堆一堆，他们天天也在扎马步练拳法，可就是不得要领。原因在于只知招数，不得心经。一旦有了心经，十分钟得道开悟，武林各派为争夺秘籍不惜打破头。各式各样的诗学理论，谈修辞，谈结构，谈炼字，传授的多是一招一式，结果和少林寺小和尚一样，有形无神。最稀罕的心经，要到最危险的地方——"氪闪"里探得。一个人跟一首诗之间的默契，也是一瞬间建立起来。作者如此，读者亦如此。小时候读古诗词，像拆礼物，那种会心一笑，瞬间所得，并不依靠任何解析、考据、僵硬论文，甚至很多时候一知半解不明其意，竟心领神会得其大美。兴许是那音韵撩拨到了最纤细的神经激荡了满颊弦音，兴许那字形结构一不小心卷进了唇舌剔之不去，又兴许是那空虚之中群涌而来的万古想象，短短一行填补了贫乏生活的巨大空洞。读诗写诗，都离不了一份痴情，那天外飞仙般的意外之喜，无法自拔的流连忘返，教不会习不得。将诗歌咬碎嚼烂之后反刍喂养，实在是一种无效的劳动，跟诗歌的精神背道而驰。读再多的理论，到头来至多是一个教授，成不了一个诗人。

直觉的相逢一笑中，有着最精密的计算，远胜江湖大师。顿悟的瞬间，积聚着百代诗魂智慧的合集。前年雅西诗会上，一个罗马尼亚少女起身向我提问，我顺道询问她对中国人的看法，女孩的回答令人惊异，她说印象里的中国人外表严峻，内里纤柔，这诗性的敏感并不来自他们的真实日常，而是千年历史的陈屑，是他们诗性的祖先的醇烈情感在一辈辈血液中流淌。我吃惊于一个不足十六岁的异国少女对陌生之地竟有如此洞见，触及了我们最残酷又最骄傲的一切。如今中国的日常是"反诗"的，但先辈温暖的热血难凉，一如梁启超的喟叹"十年饮冰，难凉热血"。郑敏先生曾哀叹有着两千年传统的古典文言文，这样一种精美绝伦、成熟无比的文学范式在过去的一百年里,被从中华文明的躯体里抽走了。①重新注入的新血液,是以北方方言为基础的新生儿白话文。如何运用尚在咿呀学语阶段的新语言,去触碰一场漫长诗歌文明中诗魂的颤抖,这是困扰在诗人心尖上的问题。郑敏先生写道:"如果他是一个真的诗人,当他在历史中一天天成熟起来,他的心灵的眼睛会看得更远,他的耳朵会听到更丰富的和声。""他的耳朵日夜在倾听历史的波涛和人类的心跳。"历史的波涛和人类的心跳,这两者大概担当起寻找诗歌第一次生命的向导。俄罗斯有一句谚语:"每一行诗里都滴进了一滴血。"我更相信,每一首诗里都住着一个神。为什么氦闪凭空而降迎面而来,为什么缪斯独独眷顾于斯人?特别的幸运里必定蕴含特别的暗示,巨大的激情之中必定藏有秘密的使命。那种天罗地网压下来的感觉,暗示如此强大,谁又能对命运轻易说NO。

诗歌,本就是中国人的信仰。在这样一片不信神的大陆上,过去几千年来依赖的是美育,所谓"厚人伦、美教化、移风俗"。诗之大美渗透到千千万万陌生人的心灵当中。美,是一个终极的神。由此产生的信念感通向那决定性的片刻,向美之心召唤出"氦闪"。当一个人对缪斯保有绝对的忠诚,缪斯给予的会更多。我常常想,究竟是什么把一个人变成一个诗人,又或者说究竟是什么把一个诗人

---

① 郑敏:《文化·语言·诗学——郑敏文论选》,福建人民出版社,2017,第5页。原文为:"一百年的实践实在太短了,何况汉语在这一百年间经过一次大换血,抽走了两千年的古典文言文,一种精美绝顶的文学语言,重新注入以北京话为主的口语语言,用它来写'诗'……"

跟一个常人、一个庸人区分开来。是阅读？知识？情怀？真正成就一个诗人的，恰恰比这些简单多了。一个诗人之所以是一个诗人，只因为他身体里的异血。正是这异血，让他在相似的风光中看到新鲜的风景，在同样的经历中获得别样的感受，在古老的天地间拥有崭新的世界。一个诗人总要一百倍地敏感，一千倍地强烈，他因而趋向疯狂，骇人又迷人。陌生化的感受转化为陌生化的思维和语言，活着本身就已经是一首诗。写不写，倒是其次了。

现在假设一个诗人已经非常幸运地获得了"氦闪"，他要如何去把它完美地接住？

作诗，作诗，若是手艺不好，真能作死一首诗。需要精准的内在结构将读者引向惊奇，然而那刺眼的光明几乎令人目盲，那是诗人最脆弱最无助也最美丽的时刻——没什么比"雅野"二字更得我心。传统之上的放浪，既雅又野，既训练有素又天马行空。训练有素，包括意象、炼字、节奏、音律，乃至一首诗的气息。音韵的使用，可以让一首最复杂的诗成为一首最单纯的歌，认为现代诗无韵是一种业余的观点。古诗是数着节拍去炼字，现代诗反过来，音韵内化到了气息里，一首诗的呼吸有如音乐般吹拂进每个字眼。天马行空，则是当一个诗人背后立着广阔的传统、繁茂的精神谱系，这时他如何作为一个个体站出来。诗人的聆听，是一个绝对的个人主义者的聆听，是独一无二的个体用绝对真诚的血肉语词吐出的珍珠。在一棵历经风雨起落的诗歌大树上（它早已经硕果累累，生生死死了多少遍),诗人用自己独有一次的生命,去结出了那一颗署名为他的果实,去写销魂的纯诗。

(2020 年 5 月)

诗歌，是永恒的时尚*

提到诗人，我不知道大家对诗人有什么普遍印象。让我来猜一猜，是不是形象很潦倒，思想很不羁？如果是男诗人，最好留长头发；如果是女诗人，很有可能剃光头；并且他最好还是穷的。不，不是最好，是一定！诗人非得是穷的。如果一个人写诗还很有钱，别人会说你玩票的吧，你不是来真的！在大家的印象当中，诗人就是这样以悲伤作为财富，以失败作为勋章的人。或者说，他们是我们这个时代的"失败者"。可是李克曼早就说了，"成功者改变自己，适应这个世界。而失败者改变世界，适应他自己。所以，我们这个世界所有的文明，都是由那些失败者缔造的"。

在过去的三十年里，诗人是一个被容许有怪癖存在的特殊群体。这其中有大众非常复杂的文化想象，它跟我们过去三十年来的社会剧变有着很亲密的互动关系。在这样的一个潦倒者，或者说失败者的形象背后，其实是大众在赋予诗人一种特权——在过去的三十年里，诗歌是中国社会中几乎没有交换价值的存在。没错，这就是一个能够把诗人给饿死的时代。

---

* 本文系作者2017年在"听道"讲堂的演讲。

潦倒者形象背后，还有一个造反者的形象。当每一个人都企图成为这个时代的弄潮儿，每个人每天与迎面而来的无数利益纠缠不休时，我们总是想象这个世界上还有另外一群人，他们不一样，他们每天只为诗而生，只为美而生；他们不跟物质利益产生那么大的纠葛，他们与这个时代背道而驰。夸张地说，我们如今生活在"成功"的魔咒里：每个人每天都要求进步，我们需要在财富上进步，在事业上进步，在声誉上进步，在身体上进步，甚至在美貌上都要突飞猛进。可是诗人这个群体，他们选择停步；甚至，他们愿意光荣地后退。

闲众人之所忙，忙众人之所闲，诗人是这个时代最最无用的人。作为最无用的一群人，他们在这个时代存在的意义又在哪里？

别忘了诗人并非一直不走运，他们在历史上也曾经时髦过。比如，在古阿拉伯传统里，诗人可以在酋长大王面前发表自由言论。酋长想要他们闭嘴该怎么做呢？总不能把他们一刀杀了吧。可诗人又实在不可控。于是酋长想出一个办法：舀一大把的宝石去填满诗人的嘴巴，用宝石让诗人闭嘴。这大概是最形象的封口费。在欧洲传统里，诗人是可以跳到国王面前拍桌子的人。而在中国古典社会，诗人大多是士大夫的代表，是官僚阶层。可以说，古典中国从根本上来说就是一种诗歌至上的文明形式，追求的是一种诗歌正义。诗人可以用他的诗心去为政治生活赋形，甚至时刻准备纠正最强者的行动。

诗歌塑造了整个社会的感官方式、表达方式、想象方式，甚至就连人与人之间的应酬，都是以诗歌作为工具——所谓的诗酒唱酬嘛。遗憾的是，现代诗失去了这样的功能。想象一下，倘若我们给身边某人写一首诗，那么大概率不是表白，就是在拍马屁。作为交流工具的功能丧失，意味着诗教在这个时代的没落，在这个问题上，审美教育难辞其咎。诗教，或者说美教，是我们这个时代失落掉的黄金传统。

在过去的很多年里，诗歌一直都是我人生的一个巨大的隐私。

记得，我大概是中学的时候开始偷偷写诗。那会儿一动笔我就要把房间的门给锁上，如果爸爸妈妈看到我房门锁住了，就估计我大概又是在里面写诗。等上了大学，除了参加文学社活动，基本也是抽屉写作，尽管也渴望被了解，但从来不许男朋友偷看我的诗。倒也不是说里面真有什么大秘密，只是那样好像是侵犯了我的精神。诗人应是美而不自知的，是高贵的匿名者。刚刚来北京时，有回碰到了一个"大师"，他递给我一张名片，我当时一看名片就吓晕了，上面写着两个字，"活佛"。能想象吗，一个人的名片上堂而皇之印着"活佛"！将来如果有一天，有人给你递过一张金光闪闪的名片，上面写着两个字"诗人"，效果就跟印着"活佛"一样，可得离他远一点。无论是活佛还是诗人，都应当是隐姓埋名被别人寻找的人。诗歌就是秘密，我们的人生就是一个巨大的秘密。

就像凡人不需要知道自己是凡人，救世主不需要知道自己是救世主一样，一个写诗的人，真的并不需要知道自己是一个诗人。但牺牲者必须知道自己为什么而牺牲。糟糕的是，这是一个没有了牺牲的时代，没有了牺牲就没有了爱，所谓保全的爱是不存在的。日常生活远远比战争来得更加险恶，它让人性的弱点无处藏身，而人性那些偶尔爆发的辉煌呢？没办法一死了之，又经不起日复一日的检验。

当然，我今天以一个诗人的身份站在这里演讲，再去说诗歌一度是我最大的隐私，这听来像一个笑话。隐私，有时也是公共财产。这大概来自近几年我认识上发生的一个巨大转变：必须把自己的生命，跟一些更加广阔的事物血肉相连，否则我沉溺其中的私生活也会变得一塌糊涂。

这两年全世界都是在经历着封闭与偏执风格的重袭，民族主义甚嚣尘上，原教旨主义抬头。在糟糕的年份里，道德上的反动，带动了审美上的堕落。这样的时刻，特别适合追慕那些辉煌的往昔。1942年以前的维也纳，茨威格描绘的那个"昨日的世界"，还践行着欧洲共同体的理想。天才的城邦中，艺术和知识似乎已经取代了宗教，成为全城人的信仰——无论这公民是豪阔的贵族，还是贫苦的农民；无论他来自西班牙、法兰西、德意志，还是来自斯拉夫、匈牙利。然而优美的制度跟高妙的情操，并不是总能够获得胜利。茨威格曾经描述过那一代知识分子软弱的道德困境：当他们看到那些流氓学生把受伤的人群从楼梯上扔下来时，他们所能做的，仅仅是把这些受伤的身体抬走。

此刻的世界，已经经历了漫长的和平，这不等于说暴力的因子就在这个时代消失了——事实上，暴力此消彼长，更多分泌在了我们的日常生活中。今天，无论在公路上、地铁上、电梯上、广场上，还是讲台上、舞台上、手术台上，每个人都兜着属于他自己的内伤。

怎么说呢，也许每个人都是历史的受害者，抑或被伤害才是我们全部的历史。在这样一场巨大的社会病症当中，哲学家用他们精神病式的话语为这个世界去做分析，诗人则是用他们秘密的言语在为世界和自我疗伤。

文学起源于巫。巫医不分家。诗歌异彩的语言，尽管有时读者分不清它的具体所指，尽管它的密码层层叠叠，但仅仅是那些美妙的韵脚，那些奇妙的句子，仅仅那些不寻常的语调，那些不解释的辞令，就足够疗愈自身，和这个受伤的世界。

一首好诗，可以把一个人立刻从一口井里救出来；一首好诗，可以让一个人立刻放下生活的成见。是时候让诗人们一改他们潦倒破落的做派，重新换装登场，成为时尚重新的塑造者和引领者。让诗歌从一种幽微的美的语言，重新走向透明的公共思考，去重新指导我们每一个普通人当下的生活，重新领导我们的人生！

真正地活着，不就是一次次胆敢去重新选择吗？

诗歌是我们存在最热烈的见证，相爱是我们最终极的修行。诗歌不是点缀，不是仪式，不是表演，诗歌就是理想生活。它以非常秘密的方式栖息在每一个普通人的身上。

有的人是拿笔在写诗，更多人在用他们的行动写诗，用他们的人生写诗。在东西方文明里，诗歌都是超越文体的存在。一阵风、一个眼神、亲密关系里面的一个动作，都可以是诗。今天在场的很多人，也许你们不写诗，但你们跟诗歌没准儿早已经发生了亲密关系。但凡在生活里感受过诗意，哪怕只是一瞬，诗歌的种子都已经埋下——它以微妙却惊人的方式,影响着一个人的历史。

借由种种隐秘之途,诗歌跟每一个人都可能产生性感关系,它将重新塑造我们的表达方式、生活方式、感知方式、想象方式……塑造一代人的审美感官和灵魂质地。一句话:诗歌,是永恒的时尚。

(2017年)

诗是最后的避难所*

以前大家见面打招呼都说:"你吃了吗?"自从写诗以后,打交道的方式变了,遇到朋友会问:"最近在读什么书?"这好像是一种更本质的交流方式。今天很高兴来跟大家分享一个主题:诗是最后的避难所。

马上就要双十一,当中国今天99%的网民正在消费时,有一间小小的屋檐下,0.0001%的人正准备跟诗歌一起消磨一段时光。我想说,这0.0001%并没有想象中那么孤独。

木心曾经写过一则寓言:在万国交界处有一片森林,林子里的猎人有一座小木屋,这个屋子非常小,到底多小呢,只能坐一个人和放一把枪。一天暴风雨,外面传来急促的敲门声,一个老太太请求进来躲雨,好,请进来。一会儿又传来敲门声,一对女童也被淋了,猎人又把她们抱进来。刚一会儿,又一个将军带着自己的一队人马,十来个兵无处躲雨,门再次被敲开。又来了一位西班牙的公主带着自己的几百匹马车也要躲雨,照样迎接进来。

一个本来只能容纳一杆枪和一个人的小屋子,最终居然照顾了

---

* 本文系作者2020年在"湄客说"的演讲。

这么多人。我的一个朋友听完以后说，感觉这个小木屋是机器猫。所谓的，心有多大神庙就有多大。当你相信永恒时，你的一部分已经为永恒所接纳了。文学的屋顶，今天看似狭小，只能装下0.0001%的人，无论何时，都可以成为无数人心灵的避难所。

说到避难所，人们脑子里容易灌进去各种文学鸡汤。可很多时候，鸡汤只是浓汤宝。文学世界里有很多故事，也有很多事故；有很多吓人的错误，也有很多迷人的误会。我邀请大家跟我一起来甄别一下，下面这几个诗句是真是假，到底是鸡汤还是浓汤宝。"世界上最遥远的距离，不是生与死的距离，而是我站在你面前，你却不知道我爱你。"这句是网络流传甚广的泰戈尔所谓的"代表作"，但是查遍泰戈尔全数作品，也找不见这首诗的踪迹。这则心灵鸡汤最初出现在《读者》杂志，多年来"寄存"于泰戈尔名下，不断被报纸杂志转载，甚至一度收入语文阅读教材。即便心知此诗系"高仿"，还是挡不住出版商将其堂而皇之印上泰戈尔诗集封面。我经常建议想要学诗的朋友不妨试着写几个漂亮句子，如果还没想好一个笔名，署名就先署上泰戈尔，看看十年后会不会出现在封面上。再比如这句："你见，或者不见我，我就在那里，不悲，不喜。你念，或者不念我，情就在那里，不来，不去。"很多恋爱中的人对这首寄存在仓央嘉措名下的伪作都特别有感觉。事实上，网络上盛传的六世达赖喇嘛的情诗很大一部分都是伪作。即便是目前发现的仓央嘉措情歌最原始的藏文木刻版本，也难保每一首都是真迹。他的伪作数量可以说是现象级的，正因为深情的世间罕有，世人才把很多浪漫的情思都寄托在了这位多情的传奇僧人身上。说到深情,我又想到一句名言——"在薄情的世界深情地活着"。然而,这句同样也是张冠李戴,但确实挺符合凡·高的历史人设,安在他名下显得不太违和。

其实坊间流传的一些大师名言金句,有不少都是伪作,但并不妨碍它们还是击中了很多人,代替我们去表达了自己。以一种比我们自己还要了解自己的方式,说出了我们的心声。在文学世界里,还存在一些迷人的错误。

不少人都听说过苏轼兄妹之间用诗词和对联打趣斗嘴的桥段。苏轼和苏小妹这对兄妹常年掐架寻开心,苏轼笑话妹妹的额头是奔儿头,就写了一则上联逗她:"未出庭前三五步,额头先到画堂前。"意思说,妹子你这大脑门儿太突出了,人还没有进门,额头就碰到了中堂画了。苏小妹一则下联怼过去:"去年一滴相思泪,今日方流到腮边。"说哥哥你的脸太长了,去年的眼泪,哎哟走了一年时间,今年才将将流到腮边上。

民间流传苏轼有一个机智幽默又才华横溢的妹妹叫苏小妹,后来嫁给了苏轼最有才华的学生秦观,就连洞房花烛之夜,苏小妹都用一身的才华把秦观按倒在地。苏小妹简直是女性可以拥有的一切美好的代名词。但是在这里,我要遗憾地告诉大家一件事:其实,苏轼没有妹妹。苏洵一共有六个子女,苏轼排行老五,老六是谁现场有没有朋友能告诉我答案?没错,是苏辙。苏小妹嫁给秦观,在洞房花烛之夜对对子的故事,最早出自明代小说家冯梦龙的《醒世恒言》,也就是我们熟悉的"三言二拍"其中一部。苏小妹和苏轼之间那些有趣又有料的吟诗斗嘴，也只能是后人的杜撰。那么问题来了，为什么会杜撰出这样一个人物，赋予她这样的才华和命运呢？

历史上，苏轼虽没有妹妹，却有三个姐姐，其中三姐苏八娘，很有可能就是苏小妹的原型。苏八娘从小聪慧能文，才华气度完全不输苏轼，可她的命运却十分悲情，十六岁嫁给表哥程正辅，结果程家人对她刻薄，不到一年她就抑郁而亡，当时才只有十七岁。苏洵因此悲痛欲绝，与程家绝交，此后苏程两家几十年没有任何往来。说到这里，大家都明白了——其实，苏小妹就是那个青春永远定格在了十七岁的苏八娘生命的延续。这个女子真实的经历是如此令人唏嘘，唯有文学的笔触赋予了她更好的人生，不仅让她从姐姐变成了妹妹，享受哥哥苏轼的宠爱和庇护，还给她安排了一个名满天下又温柔多情的如意郎君。不论现实多么令人失望，文学总是用它悲悯的双手，修补这个世界。

多年前，梁漱溟发出灵魂拷问："这个世界会好吗？"很多人说，会，一定会！但也请一定允许悲观者存在。这种时候阿兰·巴迪欧跑出来说："让我们去爱上垃圾，爱上这个将要完蛋的世界，爱它们到尽头，一直挺下来，熬出头，带着勇气忍受，在不可能中实践可能，站到命运的另一边去，直到让我们自己都惊奇为止。"这大概也是诗歌的人生态度，在命运的另一边，永远有那个惊奇！即便此刻很孤独，即便那些二十年前说"莫欺少年穷"的人，已经在说"莫欺中年穷"了。

一说到穷，就绕不开我们现代诗人了！现代诗人们的处境比起古代诗人还要差一大截。人们会对"诗人"感到好奇,好像诗人就该餐风饮露不食人间烟火,提到"诗"则一定在永远到达不了的远方。我曾碰到一位年轻导演,他跟我说:"要不是见到你,我都不知道还有活着的现代诗人。"美国诗人弗罗斯特完美诠释了诗人的选择:"一片树林里分出两条路——而我选择了人迹更少的一条。"羊肠小道走得太久的代价,就是来自大众的隔阂与误解。十多年前,我刚刚开始接触民间诗歌圈,好似加入了一个诗歌丐帮。他们当中有一些今天已经是著名诗人,但在当时,一个个天赋异禀,穷困潦倒,活着就是为了诗。诗人西川说:"你可以嘲笑一个皇帝的富有,但不可以嘲笑一个诗人的贫穷。"诗歌丐帮里很多人收入很不稳定。毕竟一个读过凯恩斯的人,人间已没有太多适合他的工作;毕竟每一种伟大的激情,都饱含艰辛。

诗人们或通宵喝酒或通宵写作,自费印刷自己的诗集互赠诗友,可以不买房,但绝不能不买书,几乎每个诗人家里都是书从客厅一直堆到门口,从书架一直堆到床上。当然,其中也不乏诗歌致富的案例,比如有一位女诗人就曾因为自己的诗集卖不出去又没有地方搁,迫不得已买了一间车库专门存书,十年过去了,诗集还是没卖完,但车库增值了十倍。这个故事大概非常正能量地证明了,好看的皮囊全凭运气,有趣的灵魂我们也可以自食其力。后来这位诗友把这段经历又写进了诗里——一切生活皆素材。身处文学萧条的时期,这个时代的文学作品也许买不起几斤猪肉,但文学生活永远充满魅力。

我至今记得自己文学专业毕业后第一天去研究所上班的情形。当天恰巧有位民谣诗人来《世界文学》编辑部拜访,一位即将去西藏支边的老师搬出了她好久没弹的一台"寡妇琴",然后一群人就围着吉他唱起歌来,精通罗马尼亚语的诗人哼起罗马尼亚小调,研究俄罗斯戏剧的老师唱山楂树,翻译日本文学的老师唱演歌,很快狭窄楼道里各个语种的老师们闻风赶来,西语的、英语的、德语的、梵语的,几十种语言一锅炖。在那些陌生语言的歌声背后,对初入社会的我而言,是一个辽阔、丰饶又充满惊喜的世界。我从那些歌声,还有跟文学常年的交往中,不断感受到自身的匮乏,而这种匮乏带来的不满足和饥饿的感觉,恰恰是一个独立思考的个体所需要的存在感,是鲜活的创造力的源泉。也是那时候,我意识到文学生活是如此诱人,文学让我们脱离了那个自我封闭的世界,汇入浩瀚的历史中。作为一种升华的生命力量,它帮助我们塑造了生命本身。而我们自己的人生,是我们可以拥有的最昂贵的"艺术品"——某种意义上,每一个创造性地生活着的人,都是一位诗人。

只要还在写诗一天,就还没有成年,就还青春正好。

曾经有一个研究:能够流行开来的古典文学往往都有一个共通点,就是要有一些"青春期"特质。比如我们今天去看《红楼梦》,还是能一头扎进那一群十几岁少男少女的青春情愫,浸淫到一种中国式的情味儿当中。那种最敏感、最丰富、最热烈的灵魂状态,每个人青春期都会初尝,但是过了青春期就会迅速抛弃,因为你不抛弃它,它就会抛弃你。只有人类中那些最优秀的人,才能终身长情。

而文学，始终不会抛弃青春；文字里激活的，是每个人都渴望挽留的最本真最热烈的生命状态。正是文学搅动起生命的洪流，让我们真真切切体会到"活着"的感觉。

年少时我们有多少忧愁是从林妹妹那里借来的，有多少勇气是从保尔身上得来的；恋爱的时候谁又不是一个少年维特，被甩后谁还没当过几天祥林嫂？所有的爱恨情仇在文学中都曾被最极致地演练过，我们的困惑并不孤独，连我们的孤独也并不孤独。

一句诗就可以天下共情。唐朝有一个美艳的女道士李冶，也是一位漂亮姐姐，唐德宗还曾经打过她的主意，称她为"俊媪"。她写过两句诗"至高至明日月，至亲至疏夫妻"，一下道破了男人跟女人间情感的本质。你会发现，学文学的人，根本不需要通过一次次失败的恋情去一遍遍练级，文学可以先帮助你演练，一瞬间给你点破那个最深的真理，然后你再在自己的成长中，去慢慢地消化它，领悟它，实践它。

文学不仅帮助了我们演练人生，让一个人同时生活在过去和未来，还不断抵抗着陈词滥调，对平庸的生活，发起高雅的挑衅。电视剧《三国演义》里桃园三结义的桥段不知道大家是否还有印象：

关羽（对刘备说）：从今往后，关某之命，即是刘兄之命，关某之躯，即为刘兄之躯，但凭驱使，绝无二心。

张飞（对刘备说）：俺也一样！

关羽：某誓与兄患难与共，终生相伴，生死相随。

张飞：俺也一样！

关羽：有渝此言，天人共戮之！

张飞：俺也一样。

学不学文学，区别就像这个片段里的关羽和张飞。关羽是喜欢读书的，史料记载他熟读《左传》；但无论史书还是小说，都从没有提到过张飞和读书有什么关系。

语言是我们最初和最后的武器。语言不仅是房子，衣服，控制术，同化工具，语言也可以是灵药和福音——从这一意义上诗歌正在帮助人类恢复着健康。在所有人都嘲笑我们弱小时，它教会我们强大；而在所有人都喊着要强大和要成功时，它却教给我们脆弱，那独属于美丽的人类的最美丽的脆弱。

前文说到一个罗马尼亚少女与我交流，说印象里的中国人外表严峻，内心温柔。我没好意思反驳她，但是心想，嗯，还是不太了解我们神秘的东方啊。没想到，她又继续说，这份特别的温柔敏感并不来自他们的日常生活，而是因为中国延续千年的诗歌传统，是他们诗性的祖先的醇烈情感，通过一代代的诗词吟诵，在一辈辈血液中流淌。我当下吃惊于一个不足十六岁的异国少女对陌生之地竟有如此洞见，触及了我们最残酷又最骄傲的一切。如今我们中国的日常生活是"反诗"的，其实全世界都在面临粗鄙化的威胁。但先辈滚烫的热血难凉。"十年饮冰，难凉热血。"那一个个虚幻的苏小妹，被拯救出来，化作了诗歌，化作了命运，化作了永恒，进入我们的血液之中，塑造了我们最内在的情感音色，成为人性最深沉的一部分，那持续创造的一部分。

而这，也是我们与区别于工具和工具人的爱与体验。文学始终向我们提供着崭新的命运机会。

然而，这个世界上总有一些几乎牢不可破的谎言，比如一个人只有获得财务自由才谈得上实现身心自由。金钱本来是一个中介工具，但现在整个社会膜拜的就是中介，就是工具。财务自由这个概念，听起来很现实，实际上比诗歌还虚幻。财务，并不是通向自由的必由之路，从财务到自由之间的那段路，要比从穷人到财务自由的那条路漫长得多。

生命不是一个消耗品，更不是一堆没完没了的账单，生命是我们获得的最大礼物。一个人最后可以真正拥有的，是你的生命、生命的热烈，以及作为一个独特个体散发的魅力。一个人如果仅仅拥有学历、财力、权力，而全无诗性的魅力，人就仍然还是失败者。以成功学指导人生，是很荒谬玄幻的，甚至是另一种意义上的失败学。即便如今我们距离财富自由还有一个亿，也不妨碍主动结束一种账单人生，告别社畜无处不在的焦虑，去享受生命的飨宴，用行动做梦，用生活写诗，去讨一种诗意的生活。

这个流量时代，一打开电脑手机，满屏都是很潮的网络流行语时，甚至很多城市的霓虹灯也开始"土味二次元"化，"人森巅峰""今天我是柠檬精""有内味了""奥利给"……好像说什么不带几个潮词儿就证明自己老了。我们整个语言环境是下沉态势，往所谓的

"接地气"靠拢。原本想象一下，公共空间里的标识性语言，应该是更迷人、更高妙、更典雅的，高于日常生活的语言。但有一天，中国的各大城市、各个阶层、各种职业的人，都在往网络化语言无限靠拢。那些流行语看似新潮，但真的是最新的吗？

总是有一些古老的吸血鬼，潜伏在年轻人头脑中，吸取最新鲜的血液。这也是今天诗歌还能做什么，作为最高的语言形式，诗歌要帮助我们去抵抗那些古老的吸血鬼。那些看似新的背后可能是最陈腐的头脑；那些装得有趣的，可能仅仅只是滑稽；而那些跟不上时代节拍的、沉迷于悠远传统的倔骨头，它们也许才是真正的摩登。历史并不是线性的，我们今天仍然会惊叹于往昔诗人们的创造，尽管很多人抱怨读不懂，抱怨他们不说人话，但不可否认那些语言依然是好的，是美的，是最摩登的。

诗人的语言里，有一个最摩登的人可以拥有的思想和生活。

此刻一窝蜂的网络化表达，是向庸人无限靠拢，是因为不安全感而走入人群。而文学要避开人群，永远地避开人群，走那条足迹稀少的路。

猛兽独行的年代一去不返，大数据迎来蟑螂欢腾的世界。那么问题来了，在这样一个大数据时代我们究竟是拥有了更多还是更少的创作自由？

在中国这样一个以诗歌为信仰，以诗歌为时尚，以诗歌为生活方式的几千年的诗歌文明中，当下中国依然是日产诗歌十万首，每天的创作量超过一部《全唐诗》。可以说我们正在进入一个人人都是艺术家的时代。如今,每一块电子屏背后都完全有可能隐藏着一个秘密的诗人,又或者绞杀艺术的杀手。当所有人都可以在网上敲下几行分行的文字,所有人都拥有话筒时,他们又会不会集体宣判艺术的死亡?

大数据的环境中,每个人随时随地留下痕迹,人类所有恶俗的趣味都暴露在广场上——而那些原本应该是一个文明人所羞于呈现的,是文明所压抑的部分。没错,文明有时候就是要教我们虚伪,否则大家就倒退回动物了,连一件虚伪的衣服都不用穿。我们先把恶俗暴露给数据,数据反过来通过计算又将更多的恶俗投喂给我们。当有一天我们习惯了信息投喂,就好像习惯了某种特定口味的饲料,再吃到真正有营养的东西时,我们的胃就很可能会消化不了,甚至会有非常激烈的应激反应。当绝大多数人都彻底适应了粗鄙时,精致反而会构成一种冒犯。

不管怎么样,就像扎加耶夫斯基写到的那样,诗歌依然在尝试赞美这个残缺的世界。

只要一个个活生生的人还没有被彻底压扁为一个个数据,只要千妍万丽的人性还没有彻底格式化,文学的时代就不会终结。二十世纪八十年代,几乎每个青年都有一个文学梦,三十年后,文学日渐边缘化,时代的抒情性也在慢慢消亡,人们都忙着去做一些更实用的梦了。但总有那么一刻,在噪音环绕之中,人们还是会重新想念起诗酒趁年华的美好光景。有人将今日中国划分成了9个阶层,每一层的阶层跃升的难度系数是不同的。诗歌是各个阶层之间的润滑剂。每个阶层里都有写诗的人、爱诗的人，它打破了身份界限、现实的藩篱，它为各种各样的人，准备了各式各样的怀抱、争吵、古怪的思想、奇妙的口味，还有反时尚的时尚。

在一个话语的力量愈来愈微小，人文主义被严重低估的时刻，诗歌依然对世界保持着亢奋的发问状态。它始终在安慰我们，告诉我们，我们仍然值得一个更好的世界。

（2020年9月）

诗歌共和国

一

"他被提到乐园里,听见隐秘的言语,是人不可说的。"(《新约·哥林多后书》)谣传这句话包含着神给人类设下的一项禁忌,有关翻译。根据卡夫卡的推测,如果人们修建了通天塔而没有去攀登——这是不可能的——也许会得到上帝的谅解,其结果就是人类永远不需要折腾,而能心心相印。

杜甫著名的牢骚"百年歌自苦,未见有知音",说的竟好像是现代诗歌的窘境。当有人向皇帝汇报,苏轼在监狱中也跟在家中一样,皇帝感叹这正是他知道的苏东坡。流亡的现代诗人,恐怕在家中也如坐监。

乍看,新诗至少有古典诗歌和翻译诗歌这两个可能的知己。细察下来,我们在汉语中没有在家的感觉,西方语言又不能真正成为我们的家,流亡的诗人于是乎奔波在两个家之间,在一个家里思念另一个家。

在家如出家,现代诗成了语言的寺庙。

"寺者,法度之所在也"——得失之间,语言的法度若隐若现,正在创造之中。

二

现代诗歌在对人们的感知方式的塑造上，无法和古典诗歌抗衡。脱节的审美教育难辞其咎。譬如，月亮引起国人的乡愁，在这个时候每个中国人都是李白；新诗人，即便如徐志摩、海子，也难以企及这种对整个民族的灵魂附体，成为民族的巫师。

古典诗人，基本上是士大夫诗人和官僚诗人。相比现代诗人，他们不仅拥有更多进入公共世界的渠道，而且拥有更多实现天才、天职、天性、天赋和天福的机会。古典中国的生活，根本上是一种诗歌生活。诗人以诗心为政治生活赋形，并时刻准备纠正后者。正如一位汉学家打的比方，他们甚至可以用诗歌来判案而又不辱没律条，并借此彰显"恶法非法"的法律精神。古中国在根本上追求一种诗的正义。

这一诗歌至上的文明类型，暗合了谢阁兰对中国人独特历史观的思考，即"没有什么静物可以逃避时间的爪牙"，唯有将其转存于文字容器。诗歌，以惊人的、微妙的方式影响着历史，并栖息在了每个中国人身上。一个活生生的丰腴女人的"肌理细腻骨肉匀"之中，仿佛包含着唐帝国全部时间的精华。如牟复礼所察，中国历史一种精神上的过去，永不凋朽的正是人们在历史背景下所感受到的每一个瞬间。这一文明类型，亦合乎维科在《新科学》中的论断，只不过一直处于西方的边缘。我们由此可以理解,为何在政治共同体以及汉语命运共同体发生"范式转型"之际,梁启超和胡适会将期待的目光投向文学。

三

新世界、新文学和新诗的开拓者也许会有这样的感受,相对于这个新世界而言,我们的文学不够用了,我们的诗也不够用了,不管它们曾经有过多么辉煌的历史。这是来自现代世界的第一个惊吓——我们的词不够用了!

我们开始从外来语言中吸收词汇,用以描画只存在于幻想中的新世界。这是另一种补天,如果说还不是创世的话。还有一种说法,这是对古典世界的再次发明,然而首先必须经过现代性漫长的自我流放。然而,这并非一场文化战争,翻译带着它双向的爱,以及让敌对民族和好的意愿。

我们的词语不断分裂、复合和增殖,才能与重新陷入诸神之争的世界构成对称。我们才能在汉语中找到世界、事物和神灵。翻译的最终成就,是让汉语成为一种普遍语言:在汉语中,可以窥见多元而复杂的世界面貌,而这意味着跨越不同民族和国家的距离。

我们创造词语,与新世界对称。

四

与那种认为"诗是在翻译中失去的东西"的意见相反,歌德在谈翻译时说:"我重视节奏和声韵,诗之所以可以成为诗,就靠着它们,但是,诗作中本来深切地影响我们的,实际上陶冶我们的,却是诗人的心血被译成散文之后而依然留下来的东西。"

这是对翻译的信任,而歌德又将之用在对人类教育事业抑或教化的理解上。"诗教",抑或说"美的育教",是我们失落的黄金传统。

由此我们可以理解,世界文学的概念并非落后国家的焦虑,而还是出于艺术哲学自身的要求。

诗歌翻译要保持诗人的心血,即使诗中的诗褪色,诗中的散文——也依然坚硬地存在下去,犹如颜料来源。

五

作品和人一样,是会变老的。但丁的《神曲》有不同版本,是因为贝雅特丽齐永远年轻,她对不同时代显示不同面貌。缪斯永远年轻,正如帕斯捷尔纳克幻想有第九百零九位缪斯。

重译不一定就是对原文的订正,而是让原作再次生长。在这个意义上,每一次重译都是新译。鸠摩罗什对道安订正的佛经有如下评价:"所正者皆与原文合。"而道安本人并不懂梵文。

诚然,词的补充也就是文化的补充。道安的事例可以表明,翻译就是对原作的寻找，在译作和原作之上还存在着一个更深的原作。它可以是语言，也可以是经义。更准确地说，是各种宗教哲理、政治理论甚或人生领悟。道，不断变化。而诗，是直通种种玄妙的法门。

> 作为妙笔生花的随从，
> 它不能只为君主效劳，
> 而应与更高尚的众人
> 同在，具有大同精神。

这是塞缪尔·丹尼尔（Samuel Daniel）为蒙田的英译本写的序诗，颂扬翻译。

六

汉语就是我们的祖国。然而，这是一个亟须我们创造的语言共同体。诗人由此奉上他们十字架般的全部的爱情。

诗歌与共和国的联合，如两面镜子彼此映照。这是走向共同体的政治和诗歌（顾默尔《民主与诗歌》）。在词源上，共和国意指共同的产业。语言和诗歌本身也是共和国事业的一部分，诗歌也非个人的梦呓，而还是对共同产业的开发。在圣经中，在史诗中，都出现了对理想共和国的希望和哀悼。而在近代，诗歌更以一种强力纠正着共和国。诗歌共和国的未来,是诗的贵族制与民主制的结合。只有经历了民主的品味,诗歌才能向贵族的品味回归。在这里,我们走向康德的永久和平;而联合国,仍然只是单个国家的隐喻。

七

诗歌,作为永恒的时尚,引领着人们的生活方式;进而,在历史的眼光里,呈现出一种逝去的文明方式。其公共性需要再次被擦亮。

最私人的,亦是最公共的。

人类生存的知识起源于人的个性,而诗人的个性拓展了世界的宽度。问题是,如何从一种幽微的美的感觉,走向一种透明的公共思考?如果说,过去30年已经表达完了不可表达之物,那么接下去,如何不沦为表演和姿态?

面对过去和未来,诗歌在进行着最后的调解。

(2017年)

翻译是极少数人的共和国

一、关于硬译、忠诚与创造性翻译

语言不是定格之物,语言有自己的生命能量和走向。而译者是追逐语言的人,一直要跟在语言身后奔跑。跑得太快了,离语言越近,离世俗的口味自然就越远。

一些创造性极强的翻译往往因语序和用词不合常规遭到诟病。然而,好的翻译,是要带来"陌生之物"的,有时甚至是怪兽式的碾压,才能使这土地更新。鲁迅说的翻译要一种"异域风情",大概也有这番深意。白话文作为一种非常年轻的语言,它在古典和翻译的双重滋养下成长。正是这些"怪兽",用洪荒之力,推动了语言的进化。

天才有时就是怪物。我们不能总以文青对文字的标准来衡量大师。

真正伟大的作品,在未来总是有多种的生长方向。如果彻底定格了不动了,那意味着死亡。文学作品风格化强烈的翻译,恰是原作生命力的体现,它因而和当下贴合,永远年轻。既是最古老的,又是最新鲜的。

这看似开放的态度背后,其实蕴含了对翻译更高的要求。翻译,有时候是相知,有时候是较量。敌人往往才是深刻懂你的人,不是吗?所谓"尊重作者原意",不单单是表面上字句的顺序和意思,更有作者和作品本身的性格、性情、理念、关切。仅仅了解作者当初的想法还不够,你怎知这位作者如果托生于此时此刻的中国,他又会有些什么样的"原意"?然而这些"原意"才是译者需要去"尊重"的——为了"尊重",他可以"背叛"。

当年,德国诗人策兰的翻译也被大量诟病过。他翻译莎士比亚像爵士乐,乍一听哪儿哪儿都错了,再看整体却全对了,且还是从来没有如此地"对"过!他用一种"口吃的语言"翻译的莎士比亚,在外行看来完全不靠谱,然而,如果莎士比亚转世投胎到二十世纪初的德国,目睹奥斯维辛式的断裂的历史,我相信他就会写成那样儿。

二、关于诗歌可译与否

在意大利有一句谚语,"翻译者即背叛者"。人们认为翻译是一门背叛的艺术,这种偏见又格外针对诗歌。但是帕斯很早说过一句话:"我们学习说话,就是在学习翻译。"在帕斯的理解里,孩子学说话的时候,妈妈需要不断把外面的世界解释给他听,这就是翻译的过程。一切对话,也是将本来不可描述的世界,翻译成可描述的语言。再者,翻译也有同一种语言的不同时代的翻译。比如我们现在回看出土的古文字，听四百年前的音乐，没有注释就看不懂听不懂；看早期文明的艺术作品倘若没有解读，也很难产生真正的心灵共鸣。那些注释和阐释工作，也可以被理解为一种翻译。广义来说，翻译不仅是可能的，而且它也时时刻刻存在于普通人身上。

诗人是预言者的后代，预言如果轻易被翻译破译，那还有神力吗？诗歌的翻译，很多时候被看作对神圣的抵触，和对禁忌的冒犯……但也许，这只是一场场"借尸还魂"。诗歌借用不同的语言肉身，找到它自己的"学徒"。

顺则凡，逆则仙。好的诗歌翻译，得先"打回原形"，再"转世投胎"。抓住原诗在成形之前的那个"胎"，捕捉到原始宇宙气息，再转世投胎到新的语言中。去寻觅不同语言间的缝！那是一道语言的海关，包装会变化，税赋会增加，重要的是——猎犬嗅到熟悉的气味。

三、关于翻译的危险深渊

多数人只看到翻译工匠性的一面，行家里手也许可以看到更多的创造性；然而，只有那些真正投身其中，曾经跟翻译有过日夜交手，全心全意爱过、被折磨过的人，才会深深体会到一种巨大的危险性。翻译，有时意味着不可测的深渊。

作为一场无止尽的翻新，世界上根本没有完美的译本，因此翻译家总是要面对一群不会翻译只会挑错的专家。豆瓣上一本引进书，只要有人不喜欢，他们八成会把锅甩给翻译。但我说的危险，远非这种现实层面的非议。我想说的是深渊，是译者自己很多时候都意识不到，又抗拒不了的潜意识层面的影响与侵略。

不同于阅读是主动接受有限影响，翻译由于过深的交合，就像谈了一场疲惫不堪的恋爱。这种创造面向的是完全未知的命运。你的语言习惯、思维方式，乃至根本性格，都可能因为一次全身心投入的翻译而发生改变。作者和译者，就像黑水和白水搅拌在一起，基础酒和调味酒勾兑在一起，最终变成了另一种颜色、另一种味道的液体。选择翻译文本，须格外提防。有各色各样好的文本，就像各种类型的男人，你没准儿谁都欣赏，但绝不会每个都想跟他谈场恋爱，来场较量。我现在还能回味起当初翻译鲍勃·迪伦时的错乱神经质，那感觉像是不知不觉中被他渗透进来，语言一不小心有了他的色彩，有段时间甚至讲话都染上了他的腔调。迪伦是一个有勇气背叛自己的人，随时随地放弃掉自己过去的历史、身份甚至早先的性格。翻译时，我幻想可以像他一样，重启自己的性格，重新选择另一种人生乃至人格。翻译是在跟幽灵较量，招招见血中有蜜月，有撕咬，也有抵抗……你不知道作者已经多少程度地侵入你的身体与灵魂，你就像一个替身演员般在自己的时代醒来，却全然不知今天要扮演的是什么角色。

那是彻底的血与血的相认。

种种危险之中，翻译诗歌更是无限风光在险峰。一首诗携带着它的语词、音韵，以及沉默。那沉默，是诗中挥之不去的影子。好的诗歌翻译，要把那沉默的音色一并译出；更玄奥的是，那些幽暗之音，会在翻译者身上发出命运的可怕回响！弗罗斯特那句有名的偏见，"诗是翻译中失去的东西"，此处可以被改写为——翻译，是打捞诗失去的部分。极致的翻译在让一首诗失去一些音色的同时，也会让一首诗找回沉默的原音。

四、关于诗歌翻译的极端实验

语调和节奏是诗歌的脸孔。我曾经遇到过一个欧洲诗人，他给我介绍了一种令人大惊失色、大呼过瘾的翻译方法：全然放弃一首诗歌的意思意义，直接对诗歌进行彻底的音译——倒也不失为一种超拔的行为艺术。

五、关于广义的翻译与文明的连接

广义的翻译，是文明的连接。它编织出一张隐秘又迷人的世界之网。文明的连接，绝不仅仅是外交部今儿签署了什么新的条约，也不是简单把一摞摞世界名著译介成他国语言。最最真实的文明的连接，是每一个生活在文明冲突当中的个体所传送的血肉经验——那才是深度意义上的翻译。不局限于语言的交换，而是整个身体的翻译、生命的转译。以血肉之躯把一种背景的文明翻译成另一种变体，去完成不同文明中个体的衔接与适应。最终，文明的连接就是经由这样无数个细小而具体的人堆积连缀而成。

在消费时代，人生成了消耗品，每一天都在自我递减、自我消耗。而翻译，恰恰与之相反，意味着永恒的更新。将一种语言翻译成另一种语言，将一个人的生活翻译成无数人的经验，将此刻发生的翻译成时刻存在着的……

翻译，恰恰是这个世界的保鲜之道。

六、关于硬伤、找茬王与行业风气

世界上最棒的翻译也会有错误和硬伤。这年头随便谁抓到一个错误，就好像有了科学新发现，可以在这片领地上插上一杆小旗耀武扬威。杨绛先生翻译了《堂吉诃德》，偶有错误，死后还不是一样承受攻击。这么说，做翻译被骂是迟早的事儿。写小说、写诗歌就永远不会有这种苦恼。口口声声说现在没有好的翻译家，这种偏激声讨传达的，不是审慎的批判，而是民众的浮躁自大，以及对往昔的迷幻想象与盲目信仰。

七、关于翻译的性价比与成立工会组织

翻译恐怕是世界上性价比最低的工作了。有志同道合做翻译的朋友，一度激愤，开玩笑要发起"译者工会"，专给译者维权，还要像好莱坞的编剧协会一样，动不动搞点集体罢工。话说回来，翻译稿酬低，并不影响真正优秀的翻译者，就像真正的诗人绝不会幻想

拿诗歌赚取什么——只有赔，没有赚！是内在的火焰推动他们工作，没什么能阻挡他们工作的欲望。

翻译稿酬低，伤害不到好译者，却会深深伤害作者和读者！因为报酬低，翻译变成了廉价劳动力，大大拉低了这个行当的标准。许多四六级都整不明白的"翻译机器"混迹其中，把文学翻译搞成了"义乌小商品批发市场"，导致文学翻译不再被信任，译者于是更受打压。这是个可怕的恶性循环。

可悲的是，翻译酬劳低，全世界都一样，但国外译者得到的尊重则多得多。一些国外的文学奖是同时授予作者和译者的。译者，更准确地说是"译作者"，享有了和作者平等的地位。比如2016布克国际文学奖，就将幕后英雄推到了台前，译者和作者共享奖项和奖金。

八、关于良性循环的图书翻译市场与AI技术革命

也许在我们还没想到好的解决之策时，技术发展已经把整个市场推向了新的方向。最近谷歌在arXiv.org上发表了论文，介绍了自己最新的神经机器翻译系统（GNMT），以及新系统的工作原理。在之前一项西班牙语译为英语的测试中，满分设定为6分，谷歌旧的翻译系统得到3.6分，人类平均分为5.1分，而神经机器翻译系统得到了5分的好成绩。这项成果让很多以翻译谋生的人惊呼理解了18世纪纺织女工第一次看到蒸汽机时的巨大惶恐。

机器取代人工翻译已是志在必得。卡尔维诺写过一篇《组合与非组合》探讨未来机器是否可以取代人写小说，答案是否定的，虽然有完美的编程，但机器毕竟没有人心的温度。我想这同样适用于翻译。未来机器可以完成规范化的文字翻译，淘汰掉一般的翻译工作者。剩下的文学翻译，则成为真正精英化的工作。届时的图书翻译市场，分级明确，就跟刺绣一样——大批量的机器绣花，和少量金贵的高端手工绣花，满足不同需求。

九、关于经典重译

最重要的东西需要被每一代人不断复制。这种复制有它不可取代的创造性和当下性。重译非常必要。作品和人一样，需要不断地迭代翻新，以逃避衰死的命运。《小王子》这样的作品，当然需要不断重译，不断更新它与新世界的联系。然而，永远没有"最好的译本"，为了与新世界相匹配，它生生不息，不断以新的方式思考。翻译是没有尽头的事业。

十、关于"软实力"与"走出去"

我担心的事情恰恰相反。现在大量中文书籍，正通过国家政策和资金扶持"走出去"。这可能会玩坏全球中文书市场。过去，走进一家异国书店里，找到单辟出"中国文学"区，那是很金贵有品质的。试想未来,大量平庸图书通过国家"软实力"硬走出去,各国书店充斥着我们出口的次品,那才是中文真正的灾难。

(2017 年 8 月)

从后现代的"拼贴艺术",到后人类的"拣选艺术"

这个世界不是由一砖一瓦构成,世界同时是由一个词一个词建构出来的。诗人的工作,相当于用诗建筑此刻。

世界进行着自身的电子化折叠,人跟人面对面的交流日渐沦为"濒危艺术"。疫情带来的人类精神的虚弱和异化,恐怕比我们预计的更深远。这一代人虽然上了太空,但生活中早已没有了魔法的空隙;科技消灭了想象的距离,人却只会越来越孤独。疫情期间,我重读了一些推理小说,感慨高智商推理只属于前现代,那时候人还没有躺在技术上睡觉,还在最大限度发挥自身的智能和人性魅力。然而这一切在电子化世界里都失效了。手机上就有一个人的一生,摄像头挤占了全部想象的可能。跟福尔摩斯一起失业的,还有小偷家族(谁还出门带钱包啊),以后就只剩黑客在键盘上动动手指的份儿。多维立体的真实感在迅速蒸发,让位给二次元薄膜世界。魔法世界绝缘了!人和人的亲密感,泯灭得只剩下某宝商业逻辑里的"亲",与此同时,内卷之后"后排人"将永远和"前排人"拉开不可逾越的差距;手机和无处不在的摄像头下"裸奔"的人群里,再不会出现无污点的圣人和圣徒,更不会有思想领域的一呼百应;人类开始全面

AI化，变成半人半机器的虚妄所在，有的人是百分之三十的AI，有的人百分之五十……

诞生"神圣"和"魔鬼"的不被窥探的洞穴封死，人类无限趋近于工具。

这一代人，正在迅速抛弃三维世界。那些真实的触感、体验、人和人的亲密关系都在萎缩。当人性，当我们自身的节奏、世界的节奏都在发生紊乱巨变时，文学究竟是会跟着向前冲，还是往后退？会以什么样的舞步去适应美丽新世界的图景？技术侵略了人性，文学也会反过来渗透技术。这恐怕会是一场漫长的较量。

然而，诗不是现实的追逐者。相反，从屈原创作《天问》到今天，诗始终以一种叫人惊叹不已的方式创造现实，完成现实。我依然在期待，诗会用一种隐秘之力，夺回这个日益感知枯萎的世界。我们现在能谈的是一种预估和预言，真正疫情对人性的影响，对文学命运的影响，或许要十年之后才能够显露。人类的禁足封闭，成就了AI繁殖最好的培养皿。如今AI已经宣称可以写出流利的剧本和诗歌，然而AI在创造睥睨人类同行的优秀作品以外，更多可能带来的是猝不及防的知识爆炸、数不尽的伪信息，和无限量的垃圾。因而，"拣选"这个动词，也成了我最近持续思考的一个关键词。

"拣选"，曾经是千百代诗人反复在做的一个动作——从万千词语库中锤炼出那极度精准的一个词；"拣选"，未来也有可能会成为人类最重要的品质和能力。

过去艺术家身上非常重要的一个动能是"寻找"，因为世界的材料有限，世界是匮乏的。《千里江山图》的青绿色尤其精妙，原因是青金石材料昂贵；文艺复兴之前很少能看到蓝色的画作，缘于蓝色材料稀缺。由于世界缺少生产力，艺术家始终在寻找稀罕的材料去建造独一无二的艺术世界。但如今我们已经进入产能过剩的压迫之中，各种信息、材料扑面而来，而我们需要的"真"和"美"却似乎丝毫没有增加。

未来是人人都是艺术家的时代。未来艺术家最重要的工作，可能就是在一堆无论人造还是AI制造的垃圾中，拣选出真正有益的营养——从后现代的"拼贴艺术"，进化到后人类时代的"拣选艺术"。

庞大到窒息的精致垃圾堆，迅速埋平了我们的零碎时间，抵消掉了我们原本的无聊、困惑，而人生的很多价值和反思，恰恰来源于这些无聊和困惑。碎片信息消耗掉了我们的注意力和情感浓度。互联网改变了这代人的认知模式，人们不再与事物直接发生接触，而是通过信息，建立逻辑联系，随之丧失了对世界的"触觉"。然而诗歌直接对存在讲话，它是"存在"的触角，亦构成对互联网认知模式的反叛。面对无尽的埋没、消逝与损耗，淬炼之诗，正在擦亮我们日益锈蚀磨损的知觉，恢复人类心灵的亲密。

自二十世纪以来，人类一直蒙受着"永恒进步"的思想蛊惑。在经济上，我们相信国家GDP每年会增速，个人收入十年后一定比现在赚得多；在生活上，我们笃信科技一天天飞速发展，明天还不知道会有多少新花样。然而疫情以来，人类永恒增长的预期被彻底打破，每个人不得不去面对有限性和无力感。三年疫情，粉碎了种种幻觉，人类依然那么的脆弱。某种意义上脆弱才是美丽的，脆弱才是人之为人，区别于工具的本质。

诗人们用最脆弱的笔触，在至为坚硬的信息大海中挖掘生命和历史的真相。文学始终要让在现实生活中沉默的部分，被削弱的部分，被压抑的部分，还有那些难以道明的、微妙的、不可言状的部分去发出自己的声音。尽管这些年，诗歌自身的声音，也几乎沦为沉默一种。我们最终还是会发现，诗与美都是人性里最坚固的基本需求。

诗跟新闻不一样，诗是一种即兴与无限延时。

诗对此刻的"拣选"，也绝非即刻奏效，兴许数年后才被领会。许多年以后，人们会看到诗人们拣选的历史，其中的荒谬和激荡，以及这些预言在未来持续的生长。在凝聚人类群体的那些纽带已然发生断裂的今天，诗人仍试图对我们这个时代的情感和道德经验作出广阔的历史回应。

在诗歌中，我们辨认出爱人与自己，并选择了自己度过这场战争的方式。

（2022年11月）

亲密之书

写作与阅读,是最古老的大型游戏交互系统。文学阅读——特别是诗歌阅读,相当于一种既严肃又消遣的解码。

为了创作的情欲与爱恋

1923 年,几乎每个美国人都在读《生命之舞》,并为它的语言、深度和智慧深深着迷①。就在这本小书一开篇,霭理士写道:"人们一直难以认清这样一个事实:他们的生活完全是一种艺术。"

作者创造作品,作品反过来也在塑造作者本人。信奉艺术创世说的霭理士,选择的是如俄罗斯芭蕾舞那样一种美妙而困难的技术传统。他一生都配合着一种风和日丽的优雅曲调在写作、生活。然而其内在的危险性不可估量。那些"最美丽最紧要的思想",也有着可怕的美。

如同故宫的屋檐下集中着中国最优秀的男人和最优秀的女人,20 世纪初的女性解放运动聚合了最僭越的头脑与最勇敢的身体。在霭理士 80 年的漫长人生里,他奇迹般地与奥利文、伊迪丝、玛格丽特·桑格、弗朗克丝等一干女权主义先驱,建立起几近无可摧毁的深刻的精神联系。一群天才人物以身试法,宣泄了一个时代的荷尔蒙。他们波澜壮阔的人生,以及他们为女权运动作出的努力,统统汇入这场人类历史上最漫长的革命。

---

① Charles Angoff, "Havelock Ellis," in *American Mercury*, XXXIV (Jan. 1935).

他们和她们，是科学家、是革命者，是狂人、情人、诗人，是以人生为作品，用行动做梦的艺术家。他们严肃地讨论色情，在情爱里做了审美家。他们的激情，是莎乐美"脚步的闪烁"，是对世界之爱在异性身上的投射，世界由此显露出撒旦之爱与撒旦之美。

霭理士写作的性学百科全书和他不同凡响的人生，共同筑成了他"性的艺术"。在"性的现代化"上，他所作的贡献，可以匹敌马克斯·韦伯之于现代社会学，或阿尔伯特·爱因斯坦之于现代物理学。[①]所谓"现代化"，原是天主教中偏离正统的神学异议者的标签。大师们漂亮的偏见与谬论，完美建构了这个世界，并给后人提供至为真诚的指引。

本文仅以霭理士一生的情爱实验为线索，为其立下小传。说到底——"将世界看作美人，才是生活的终极全部"。

同伴之爱与同工之爱

大师生命中都会有天使出现，奥利文是霭理士生命中出现的第一个启明女神，她是那种"血管里闪光"的女孩，集合了智力的挑衅、中性的美貌、严苛的戒律与永不安宁的灵魂，她成了霭理士智慧和情感的双重供养者。

1884年1月霭理士无意间在《双周评论》(*The Fortnightly Review*)上读到了一则关于《非洲农场故事》的评论，受到激发，竟毫不犹

---

① Paul Robinson, *The Modernization of Sex* (London: Paul Elek, 1976), p.3.

豫地给小说作者写去一封长信,不久就收到了这个名叫罗尔夫·铁(Ralph Iron)的作者的掏心窝子话。故事的反转在于,这个罗尔夫·铁的男子名字背后惊现一位智力超群的美女。在一个时间、情感、万事万物都缓慢流淌的旧世界,奇迹有足够的时间成长,有足够的空间隐蔽。

霭理士随后开始了与这位"笔友"的倾心互谈,她真名奥利文·施赖纳(Olive Schreiner),是一名德国传教士之女。在1881年3月30日漂洋过海来到英国之前,奥利文一直生活在广袤的南非,曾经怀有成为一名医生的理想,如今准备嫁给文学事业。她和霭理士有太多的共同点,简直如平行宇宙中的另一个异性自我。如若各自运行,都是闪光的恒星;如若交叉碰撞,则必电光石火。

霭理士本是极端温柔的男子,而奥利文身上显然有来自南非的坚毅狂野,如一颗闪闪发光的顽石。在女性解放的早年,她体现出一种毫不造作且完全无损于她曼妙淑女形象的中性气质。"你难道不想念那些独自在荒野游荡的星光之夜吗?"奥利文挑逗着霭理士最内心的渴望和怜悯。霭理士从来不输于睿智地安慰:"我同情你期冀回到旧生活的渴望。我也会自我思忖,一个人生活的任何部分都绝不可能重新来过,新的元素进入生命,将其塑造成一件新物,这差别成了一种折磨。"[①]他们在此后的信件中谈论易卜生、海涅、雪莱、社会主义、女性解放以及关于婚姻的种种自由前卫的观念。他们深入探讨了"性沟"的存在。性沟可能是比代沟更令人绝望的难以逾

---

① 美国得克萨斯大学收藏的通信,信下无日期标注。

越的存在。"为什么男人与女人不能真正靠近彼此,且对彼此的生活有助益呢?"①当奥利文发出绝望之声时,霭理士总能用他感同身受的真诚和温厚博学的辩才接住球。可惜这些无障碍交流的通信在1917年被奥利文含泪恳求销毁,幸而当时五迷三道的霭理士偷偷私藏了一部分,我们如今才能得见这段传奇爱情的始末。

旧世界的爱恋之火流淌得缓慢,却绝不笨拙,相反它无比精妙无比精密。

在回忆他们对彼此的感觉时,霭理士曾引用爱默生(Ralph Waldo Emerson)《灵魂法》(*Spiritual Laws*)中的段落:"当一个拥有相似头脑的人,一个天然的兄弟或姐妹如此温柔自然地,亲密无间地来到我们面前,就如同我们自身的血脉一般,我们感到的是一个个体的消失,而不是另一个人的到来;我们全然地解脱全然地更新;这是一份愉悦的孤独。"他们很快发现他们认识前曾共同听过水晶宫的音乐会;他们都对新近出版的书籍感兴趣,特别狂热于那些被认为"不道德"的书;他们充满无私的反叛,愿共赴危险的事业。霭理士触碰的从来不是这个年仅28岁的美丽姑娘的曼妙身体,事实上他们之间的肢体接触一直被控制在一个极端晦暗的雷区之外。他更多地是与大他四岁的奥利文建立起某种矢志不渝的灵魂契约。

这对灵魂恋人恋情的真正开始并不像想象中那么浪漫,几乎是笔友的"见光死"。霭理士甜蜜地回忆起奥利文给他的第一印象:"娇小健壮生机勃勃的身体套在宽松的衣服里,她在沙发上坐着,双手

---

① S.C. Cronwright-Schreiner (eds.), *The Letters of Olive Schreiner* (London: T. Fisher Unwin, 1924), p.18.

摆在腿上,美丽头颅上的那双又大又黑的眼睛,如此丰富如此敏锐。"①可惜女方对他可谓失望至极,当奥利文第一次见到这个声音尖细的日后的"大个子天使"时,她通过书信建立起来的化学作用瞬间化为乌有。后来她对霭理士坦白,自己当天回屋取帽子时忍不住连眼泪都掉出来了。不过,人间有一见钟情,也有二见钟情。

他们在伦敦见面以后,很快在彼此身上迷失了自己。真爱是全然的臣服,霭理士一直将奥利文描述成他一生中唯一见识的女性天才,多年以后在自传中他也不惜对奥利文使用了一切最高级别的修辞:"某种意义上说,她是她那个时代最杰出的女性,最重要的女性语言艺术家。不用说,这样的女性理当是世上与我有亲密关系的第一人。我理智的平衡也许一时被她打乱,有一段时间,我几近醉了。"②

他感到自己从奥利文那里得到的是一种非常本质的东西,远不只是情感,亦不是新鲜的思想,而是比思想更为庞大更为稀罕的性灵。这种时候,他总感到自己无以为报。他带奥利文面见了他母亲和姐姐。作为同性,她们都瞬间为她的光辉所着迷。霭理士也将她引荐给伦敦文化圈的名人们,这位《非洲农场故事》的作者一出道就风华绝代、风靡雾都。比她小四岁的霭理士在当时是十足的屌丝文艺青年。在奥利文由于体质原因搬离伦敦后,霭理士一遍遍在信中表示如果他能赚到足够多的钱他就要搬来照顾她。这也是霭理士除在暮年遭遇财政危机以外,唯一一次认真想要努力赚钱。

---

① Havelock Ellis, *My Life* (London: Heinemann, 1939), p.183.
② Havelock Ellis, *My Life* (London: Heinemann, 1939), p.184.

当然，我们不必怀疑，奥利文这样的女子有绝对的魅力让男人为她奉献。她和霭理士在一起读书、念法文、辩论、写作。他们之间有彻底的放松和信任。有一回奥利文隔着墙壁与霭理士争论一个学术话题，两人全情投入到这场讨论中。针锋相对时，她急不可耐地冲到隔壁去阐明观点，全然忘记了自己一丝不挂……

真正的爱人会塑造一个人一生关于"爱"的审美。奥利文改变了霭理士关于爱的全部观念，帮他找到了自身在爱中的最舒适的角色，霭理士从此开始了他在两性关系中"小妈妈""姐妹""婴儿"的角色扮演——这些都是他终生渴望成为的角色，也是他探索"性心理学"所必须拥有的超越常理的雌雄同体、长幼无序。"安慰"是构成他两性关系中最核心最甜蜜的"知觉"。他和奥利文在一块儿就像两个幼童在一起，奥利文也喜欢这样。奥利文会是那个被宠坏的孩子吗？她会不会是一个如同莎乐美一般强势、风流的雅典娜，或者是那个整个 20 世纪的法国文学都需从她裙下爬过的骄纵的贵妇？如果我们将这些特质加诸奥利文，那显然是符合想象的，换句话说，那毫无新意可言。然而戏剧性的是，这样一个美貌的女才子终身受着几近病态的"无私心"的困扰。一种苦行圣人的自律与自缚，几乎使她无法轻松安宁地度过平静的一日。她太难快乐了，因其快乐的源泉早已超越了平常女子需求的"取悦"。霭理士说她有一种有点变态的渴望——从天道的角度看待万事万物，极端无私。在奥利文给霭理士的信件中她一再忧虑霭理士太过爱她，这比较起现代爱情中的一味索求是多么殊异。奥利文中世纪的、审慎的、内向性的世界终于对霭理士全部敞开。她一直对自己早年的一段情事怀有自虐式的愧疚，她也向霭理士坦言自己自慰时的快感如何强烈。难以置信的是，她一直在私自服用一种能减少性欲的药物，为了从肉体牢笼中挣扎出来，让自身和他者触碰的不再是女性肉体而是女性发达的头脑及丰饶的创造力。至于她所服用的药物，在后世考察中被证明是一种难以从身体中清除的"溴化物"，而她异常敏感脆弱的神经、抑郁、皮肤瘙痒、精神混乱，以现代观念看都是溴化物慢性中毒的病症。她骚动不息，没法享受片刻安宁。奥利文是一个搬家狂。她刚到伦敦不久，就头疼哮喘、情绪低落，6月初她搬到了郊区欧本（Woburn）的一所房子。仅仅两天时间她又感不适，决定搬去德比郡（Derbyshire），那里的空气更为新鲜。7月7日她打包前往德比郡，然而好景不长，刚一落脚她就感到这里的环境跟伦敦一样差，很快她住进了临近威克斯沃斯（Wirksworth）的伯乐山（Bolehill）。她的工作也一直折磨着她，写作喂养着她的野心和激情，然而她脆弱的体质又妨碍着她完成自己的宏图。至8月11日，对她魂牵梦萦的霭理士终于获得假期直奔威克斯沃斯与奥利文约会。当着邻人阿威灵（Aveling）夫妇的面，二人一连上演了为期半个月的"幕间戏剧"[①]，有时他们动作过分亲密，引来阿威灵犀利的瞥视。

在这朝夕相处的半个月里，他们一起读法文，霭理士准备着他要为《今日》杂志写的关于社会主义和女性的文章，奥利文则继续她的小说写作。他们早晨工作，下午一起阅读，晚上谈心说话。傍

---

① Phyllis Grosskurth, *Havelock Ellis: A Biography* (New York: Alfred A. Knopf, 1980), pp.81-83.

晚的时候去风景怡人处溜达,说说情话,顺道从农贸市场采购一些梅子、鲱鱼、新鲜奶酪、生姜啤酒、墨水。知识分子间的浪漫相处莫过于此了。这对热恋中的知识分子建立起了极端亲密的肉体联系,奥利文提供给霭理士的伟大的性爱,不只是肉体之欢愉,还有远比快感更为深刻的痛苦、尴尬、无能为力——其间包含了霭理士毕生探求的生命意志的挣扎。霭理士和奥利文的初次见面,让奥利文一时幻灭了浪漫的想象;他们初次的肉体碰撞则让彼此幻灭了对婚姻的期许。霭理士在多年后的自传中隐晦地记述了他们在一起的磨合,两人似乎都毫无怨言,生命的局限性反倒令他们愈发亲密理解、相互同情。霭理士写道:"我们所建立的亲密友谊,较之于常人的技术上的所谓'爱侣',要更亲密更意味深长。"[1]就在这种亲密与折磨中,霭理士更清晰地定义了自我——"一半道德,一半艺术"[2]。奥利文则给出了更锐利的剖析:"有一种强烈的反常存在于霭理士身上。从遇见他的第一天我就感觉到了这一点,他自己从不否认,我们常聊起这个。他只对那些反常的——不是特别的,而是病态的东西感兴趣。一定程度上他是个真正的颓废分子。"接下来一段时间,这位"纯洁、美丽、无私的兄长"给奥利文的去信常以"吻遍你的全身"结尾。9月时,奥利文动念意欲回伦敦与他重聚,霭理士便开始跑遍全城看房子。这对智力匹配、生理不匹配的情侣逐步建立起一种无损于爱情的"健康的冷淡"。11月份霭理士去圣莱奥纳多(St. Leonards)约会奥利文,有一回奥利文让他取来显微镜,这个同样有

---

[1] Havelock Ellis, *My Life* (London: Heinemann, 1939), p.185.
[2] Havelock Ellis, *My Life* (London: Heinemann, 1939), p.185.

博物学家气质的姑娘调皮好奇地在显微镜下观察恋人的精子。但这饶有情调的行为背后也隐藏着深刻的无能为力。

在接下来的长久岁月中,霭理士和奥利文持续怀着燃烧的激情一道探索情感的深度及性的黑洞,而这一切探索都围绕着一种本质性的痛苦所进行。"性是生命中真正的圣餐"[①],然而他们无法酣吃畅饮。

纯粹理论的实验性婚姻

霭理士晚年写了许多关于"生活的艺术"的作品,最著名的就是那部堪称杰作的《生命之舞》。书中他尊舞蹈为至高的自由艺术形式,他自己的人生也是一部不折不扣的艺术作品,不断实验着爱的可能形式。当然作为一个艺术家,他懂得欣赏婚姻里的所有局限与悲剧,且一般的婚姻悲剧满足不了他。

维多利亚时期的大量浪漫小说都是围绕着条件婚姻的悲剧展开,以财产巩固及血统维系为核心条件的旧式婚姻作为支撑稳定社会环境和虚伪节制社会风尚的重要基石,在维多利亚晚期已风雨飘摇、狂澜既倒。当社会制度面临转型,社会风潮即将转向时,传统婚姻形式的瓦解常常是爆破前的第一弹,新式男女们在最为唾手可得的情感领域释放其革命热情。也是在这个社会思潮蜂拥的转型期,婚姻成为各种理论思潮的跑马场,年轻人热衷于以身试法。如果说在

---

① Havelock Ellis, *Little Essays of Love and Virtue* (London: Adam and Charles Black, 1922), p.69.

社会稳定期，婚姻家庭被用来负责社会最小单位的维稳，那么在转型期，婚姻家庭则用来负责社会最小单位的变革和试验。奥利文早就给霭理士下了定论：他绝不会走上十字街头，但他的革命热情空前绝后。在婚姻这场最耗人的拔河比赛中，他需要一个好对手。而伊迪丝就是一个绝对的好对手。

1887年，霭理士在"新生活会"（The New life）结识了当秘书的身高仅5英尺的26岁的伊迪丝。那时霭理士已在奥利文那里受到重创，尽管他们仍维持着两天一封，有时一天两封的通信。霭理士的个头高得有点令人尴尬，他也一直欣赏高挑的女性形体，讽刺的是他一生与之建立最亲密关系的几个女性都矮得出奇。[①]

伊迪丝和奥利文一样，头一回见到沉闷寡言，像是总错穿了别人衣服的霭理士时，根本也燃不起力比多。至1890年，当她听说霭理士不久后即将来访时，恨不能回避。不巧的是她的用人腿脚不灵，无法跟她出行，才勉强留下，迎来了一生命运的转折。

霭理士在多年后的自传《我的一生》中不惜花费近一半的篇幅，详细描述他与伊迪丝不同寻常的婚姻。在一开篇的序言中他写道：丈夫公然谈论妻子往往有失体面，对于逝者保持沉默也许是最好的表达尊敬的方式，但基于他们这段婚姻标本对于性心理学的研究可能是最为详尽的一个示例，他请求妻子泉下之灵的谅解。当我们追寻这段奇异婚姻的诸多细节和本质基础时，会发现霭理士的这段铺陈绝非夸大的无稽之谈。他回忆起与伊迪丝的初识时写道："她让我想

---

① Phyllis Grosskurth, *Havelock Ellis: A Biography* (New York: Alfred A. Knopf, 1980), p.155.

起了那种危险的新女性物种。我作为一个颓败的维多利亚男人有理由害怕。"①他的确有理由也应当感到害怕。约翰·斯图尔特说,"伊迪丝是那种在文字中比生活中矮小的人"②,换句话说,生活中的伊迪丝比她著作中,或者他人回忆著述中要光芒四射有魅力得多,她风暴般的亢奋激情和热情健谈,总在刚见面不到几分钟后就能赢得朋友的欣赏欢喜,尽管她的长相不过中人之姿(霭理士从来不承认这一点),她极端娇小的身材让她乍一看还未成年。有一回她与霭理士手挽手走在路上,一个陌生人挑衅地说把她当成了霭理士的孙女,霭理士则喜欢她"表情丰富的唇,袖珍的小手小脚,高傲的卷发的头颅,以及最关键的她那低沉的嗓音"③,不仅如此,他还将对老婆相貌的赞赏强加给身边的朋友们。一般来说,他是个对人无所要求的平和人,且对所有人敞开他没边没际的友谊大门,可自从结婚以后,他就很在意周边人对伊迪丝的态度。朋友们暗地里也有不道破的共识:霭理士择友的唯一门槛,就是看朋友待伊迪丝够不够好。如果说霭理士对奥利文是因为难爱,所以更爱,那么伊迪丝则是他接下来25年要面临的更大的难题。只是在开始阶段他似乎低估了问题的严重性,一心相信自己是掌控局面的理性主义者。

与伊迪丝交往不久后,霭理士就去信向灵魂伴侣奥利文汇报了恋爱的进度。那时候奥利文已搬家搬到了千里之外,而霭理士的情敌卡尔(Karl Pearson)彼时也早已结婚,奥利文与卡尔间始终是无

---

① Ernest Rhys, *Everyman Remembers* (London: J. M. Dent, 1931), p.47.
② John Stewart Collis, *Havelock Ellis: Artist of Life—A Study of His Life and Work* (New York: William Sloane Associates, 1959), p.67.
③ Phyllis Grosskurth, *Havelock Ellis: A Biography* (New York: Alfred A. Knopf, 1980), p.155.

果的暧昧。很快,奥利文就回信给霭理士,鼓励他与伊迪丝的关系更进一步。她毫不吝啬对伊迪丝的赞赏:"我觉得她一定特别好,特别高贵,异常真诚直白。早先我在哪儿还读到过她的好文章。"①不过写完这封信,这个高贵的灵魂马上任性了:"亲爱的,如果我会嫉妒起任何人,那么一定是你。你太属于我了,你怎么可以爱上别人。然而,我还是希望你结婚,亲爱的,你若遇到良人,没人会比我更为此感到快乐。"接下来的话,任性得有才:"如果你有了孩子,你要劝服你妻子,用我的名字给宝贝命名。"②欧洲传统中常有用家族成员名字给新生儿命名的习惯。可见,奥利文已自诩为霭理士的家人。他们的旷世恋情也担得起这一称谓。在他们各自结婚15年以后,有一回远在非洲的奥利文听说霭理士身体抱恙,她写信道:"如果我听说你得了严重疾病,我会即刻启程赶往英格兰,即便我要借钱凑差旅费,抑或我可能死在途中。"

  这些通信以及对奥利文的旧情,霭理士亦无意向伊迪丝隐瞒。坦诚是他们婚姻内部最重要的条约。霭理士认为在婚姻中至关重要的是温柔、智慧和毫无束缚的理解。在很多方面,他俩的观点都一拍即合,用霭理士的话说,那是一种"直觉性的理解",他们的婚姻由此摒除了激情,建立在一些抽象纯粹的原则之上。霭理士婚前给伊迪丝的一封长信中透露出双方对彼此都少有激情,这是一对曾经受伤的心灵,不再相信一时的化学反应,他们相信共同的理念比激情死得更慢。没有海誓山盟,只有双方死守的原则。霭理士和伊迪

---

① S.C. Cronwright-Schreiner (eds.), *The Letters of Olive Schreiner* (London: T. Fisher Unwin, 1924), p.197.
② Havelock Ellis, *My Life* (London: Heinemann, 1939), p.200.

丝都渴望一种永久的联盟关系,也是伊迪丝率先签下了"你的亲密战友伊迪丝"的落款。而他们日后要面对的战争,突破了生理底线、道德底线,以及人类智力极限。

他们早早协议不要孩子,事实上他们结婚的这25年时间,也是霭理士最为多产的写作黄金期。伊迪丝的确信守了诺言,没有如凡俗女子般,用生计和一窝孩子来打扰霭理士完成使命。这对看似对彼此无所欲求的摩登夫妻,同时要求着绝对的坦诚、绝对的自由,以及绝对的安全感,这三样绝对不可能相融合的东西。

当霭理士向伊迪丝坦承自己对奥利文的感情后,伊迪丝以令人吃惊的真诚回报给他一个大秘密——她向霭理士坦白了自己学生时代与女同学玩过的性游戏。奥利文早就总结出了霭理士理解并且热衷于一切反常。而他只觉得少年时代同性之间的好奇探索无可厚非[1],却似乎没有意识到问题的艰难程度。关于霭理士婚前是否确切认识到未婚妻是同性恋这一点,学界一直有争论。1892年7月伊迪丝在《种子时间》(Seed-Time)上发表的一篇文章似乎给出了答案。这篇伊迪丝首次以夫姓署名的文章标题赫然入目——《诚实婚姻》。这无疑暗示着他们是在全然了解彼此私密的情况下迈入的婚姻殿堂。霭理士的一些只言片语同时也佐证了这一暗示。他宣称:"我支持婚姻,同时坚决地反对现行的法定婚姻形式。然而身体力行地坚持这一立场意味着消耗大量能量,而这些能量可以用在更有价值的事业上。我如今结婚,可以让双方从单身生活中退役……我结婚

---

[1] Havelock Ellis, *My Life* (London: Heinemann, 1939), p.263.

的对象全心全意支持我这些观点。在实践中放弃一个人的原则立场是恼人的,但至少有助于我解决一直盘桓我心的关于性的问题。"①最后一句话道出了霭理士步入婚姻的最深刻的心理动机。笔者相信,霭理士是在全然知道真相的情况下主动选择的伊迪丝,他理想主义者的浪漫可能让他对形势的严峻性估计不足,但他内心深处是乐意接受这一极限挑战的,甚至是非常亢奋的。

伟大的作家都是为自己的使命而活。霭理士满怀深情地描述起他和新婚妻子在查特雷塔(Chatelet)戏院一起听贝多芬交响曲的殊胜时刻。在赞美诗的圣乐中,他狂喜,深刻感到自己的新生活与自己在世上的使命和谐地融合在一起,伊迪丝婚后还常常回忆起那一刻她见到的他迷醉的脸庞②。霭理士全部的狂喜并不来自他对婚后生活的向往,而是他一手创造的极端节制的婚姻开始为他的使命服务。他以绝对的理性,选择了一个绝对非理性的家庭。很难说,一个同性恋妻子对于丈夫霭理士而言是一场灾难,抑或,这个独特的女性对于毕生探索"性心理学"的霭理士恰是一把打开黑洞的钥匙。"性心理学",作为一门如入永夜、被长久压抑、最古老又最新鲜的学问,一方面集合了祖先身上早已有之的原始问题,另一方面又需要符合不断新陈代谢的新时代精神及与之相匹配的新人类的感观比例。如此一门包罗万象,同时又滞本塞源的学问的更新,需要的不只是多年的艰苦探索(霭理士耗尽一生精力完成了七卷本的《性心理学》),它的锤炼也如同干将莫邪剑的锻造,还需要甘心跳入火中

---

① Havelock Ellis, *My Life* (London: Heinemann, 1939), p.264.
② Havelock Ellis, *My Life* (London: Heinemann, 1939), p.252.

牺牲的活生生的人肉药引。霭理士肉身献祭，供奉他一生唯一的一次婚姻，成为文学使命的殉道者。

婚姻常常是天才的行刑场，所幸的是，在这场实验婚姻里，双方的才华和独立性完全没有被日常生活摧毁打败。伊迪丝对此是深以为豪的。她是一个自视甚高的女人，对于感情婚姻也有一番自己的见解。1861年出生的伊迪丝，从未见过自己的生母，却终生崇拜母亲，走到哪里床头都摆放着镶有母亲年轻时照片的小相框。母亲生完她不久就去世了，她被父亲和祖父抚养长大。她没有像多数单亲女孩般产生恋父情结，反而走上了与此相反的另一个极端：她一直憎恨她的父亲。而她的祖父则符合那个年代欧洲流行的恶毒玩笑中"斯拉夫好丈夫"的标准：一喝醉就提着大刀满屋子追老婆。拔树寻根下来，这些童年记忆可能是导致伊迪丝日后性取向的根源。父亲和祖父的形象塑造了她世界观中"男性"的原型，让她对于异性有了先入为主的负面印象，且这印象犹如先天记忆般植入了她感官深处，改造了她的身心结构。母爱的缺失使得她在幻想中将母亲无限美化拔高，这种陌生化的永难满足的情感渴求，她日后只能在同性身上不断找寻。她的身体受到这股强烈渴求的牵引，在青春期开始了有别于普通女孩的逆旅。

布驰（Birch）医生曾给伊迪丝下过诊断书，强烈建议她不要孩子，反对她结婚。关于她性倒错的严重程度，布驰医生幽默地暗示道，他相信伊迪丝永远不会进精神病院，不过一旦她被送进去，这辈子就别想着能再出来了。①

在她和霭理士一手打造的、建立在纯粹理论基础上的纯粹婚姻形式里，没有掺杂任何经济因素，他们在婚后保持了 AA 制（在一些特殊情况下，她会向霭理士"借"一些钱）。至于二人的身体瓜葛，霭理士在他极端赤裸的自传中却隐去了一笔。倒是伊迪丝在早期写给霭理士的信中曾热烈地表示——你让我明白了男人可以何等美丽②。从外人的角度看来，这对在理论中燃烧的激进夫妻并不是分床而睡或干脆分居而眠——他们一直保有分别独立的居所。这几乎成为一条婚姻内部不成文的规定：冬天他们一般在科沃（Cornwall）一起度过，夏天他们则会去哈斯勒密尔（Haslemere）。一年中的其余时候两人各住各家。婚后第一年，他们同住一个屋檐下的时间大约有半年，尽管随着时间流逝，同居时间逐年递减，直至彻底有名无实。③

精力丰沛的伊迪丝置办起了林间小屋，一度还打造了自己的农场，养马、猪、驴、鸭、狗、猫。霭理士也由此养成了终生在户外写作的习惯。大不列颠潮湿且浸透海水气味的空气渗入他的文字中，他格外喜欢晒着太阳写字，视野开阔，博洽多闻，不拒绝任何自然元素进入自己的写作中。"风和日丽"大约是后世对他文学风格最精准的概括。伊迪丝也在这期间声望日起，热衷于四处演讲布道。他们的相处模式不像夫妻，倒更像家长和孩子。至于究竟谁扮演家长

---

① Phyllis Grosskurth, *Havelock Ellis: A Biography* (New York: Alfred A. Knopf, 1980), p.1
② Havelock Ellis, *My Life* (London: Heinemann, 1939), p.256.
③ Phyllis Grosskurth, *Havelock Ellis: A Biography* (New York: Alfred A. Knopf, 1980), p.149.

谁扮演孩子，则视情况变化随时进行角色交换。在过去的近一百年里，欧洲的霭理士研究者们锲而不舍孜孜探求，到底在多大程度上伊迪丝尽了人妻之责。研究者们认为，这对夫妻的床帏之谜，对于性心理学大师的人生历程和思想根源是尤为重要的。霭理士专家伯纳德·德沃托作过较为合理的推断分析："他们只能以孩子的方式相处……他们的性爱就是孩童游戏，他们的温柔是两个孩子对彼此挽留了彼得·潘的互相感激，他们中任何一个能达到的最高成熟，就是幻想扮成另一个的母亲。他们结成联盟，拒绝可怖的长大。"[①]他们共同为二人世界立法，尝试制定各种新鲜的规则。温柔的哄骗、甜蜜的闹剧都灌注进这场婚姻幻象。伊迪丝一遍遍请求霭理士"爱我的缺点"而不是爱我的优点[②]，她野马般的暴脾气时不时要发作一番，事后二人充满安慰的和解，则像苦难过后的福报，一点甜蜜足够刻骨铭心。深刻的压抑与刺激的冒险不断交替，对于庸碌人生而言，确是迷人的毒药。

婚后不久，伊迪丝向霭理士坦白自己爱上了克莱尔姑娘。克莱尔得知后，忍俊不禁道："你俩还真是一对奇葩！"[③]霭理士的传记作家菲利斯（Phyllis Grosskurth）对这位无限宽容的丈夫曾有过精辟的评价："霭理士虽说从未以神人自居，却也从没自视为一个普普通通的丈夫。"[④]他相信他与伊迪丝之间的爱是独特且深邃的，他们共赴的险旅，无疑是对平庸的大胆挑衅和对日常的极端反叛。尽管

---

① Bernard DeVoto, "Widower's House," in *The Saturday Review of Literature*, (4 Nov, 1939).
② Havelock Ellis, *My Life* (London: Heinemann, 1939), p.257.
③ Havelock Ellis, *My Life* (London: Heinemann, 1939), p.265.
④ Phyllis Grosskurth, *Havelock Ellis: A Biography* (New York: Alfred A. Knopf, 1980), p.154.

开头时平淡且缺乏激情，但随着恩爱渐深情义日笃，霭理士对伊迪丝超越世俗界限的无比包容，令伊迪丝自己都感慨"超越了她的理解"①。他可能将妻子作为自己探索性心理学最好的活体标本和通往捷径的密钥，然而从情感上，他似乎一天都没有真正将妻子定义为女同性恋者——伊迪丝在他那里永远只是"女人""男孩""幼儿"。他研究性倒错，为那个时代的同性恋者争取合法权益提供了最有力的理论支持和最悲悯的理解同情，可他一刻也没有勇气直接承认自己的屋内人是货真价实的同性恋。大概他认为那对于她太过苛刻了，她只不过是一个"男孩"。噢，男孩！霭理士能理解"男孩"伊迪丝对美女克莱尔的爱慕，却也忍不住会因为"女人"伊迪丝对自己爱的减少而生闷气，可是他又能和一个"幼儿"计较什么呢！吃醋过后，他又写信忏悔自己的量小，这种时候，他自己又变成了那个急于抓住乳房在母亲怀中求得安慰的小儿。他一手打造了这极端残酷的情感炼狱，也正是这炼狱铸造了透彻世间奇情虐恋和复杂情感关系的丰富心灵，最终锻造出一个"理解的天才"，据说比较起各种数学天才、语言天才、运动天才……那隶属于世上最罕见的天才类别。

面对异性情敌克莱尔，霭理士只能自嘲"爱是滑稽的，我是滑稽的"，最后落款"你的讨厌的不理智的然而荒唐地爱着你的丈夫"②。

---

① Havelock Ellis, *My Life* (London: Heinemann, 1939), p.265.
② Havelock Ellis, *My Life* (London: Heinemann, 1939), p.267.

羽毛床替补

在科学领域，一个伟大的定律从来都不是灵光一闪。它需要科学家耗尽毕生精力观测、实验，提出理论，再检验复核、修改、放弃，之后又以新鲜理论转而代之，那真是"魔鬼干的活儿"。在爱情领域，同样别无二致。霭理士以一种邪教徒般的热情奋不顾身投入他的婚姻实验，在最狭小亦最复杂的帐帷之中，追求其"立宪理想"——在婚姻肇始之际为两人世界立法，婚后如同尊重宪法般，严格恪守他们之间的原则条例。这场婚恋实验中的种种变故、复合、矫正、拆离，成为耗尽他心血的魔鬼考验。

在克莱尔之后，伊迪丝疯狂地爱慕上了小美人儿莉莉。伊迪丝对她简直是崇拜加溺爱，霭理士对此只能冷眼相看。他不再暴怒，不再无助，用他自己的话说，他的嫉妒已被克莱尔花光了。小可怜儿莉莉不幸早夭，然而死亡并不能让这个情敌退场，她昙花一现的记忆从此占据了伊迪丝最隐秘深情的精神家园。霭理士过去不能阻挡她疯狂爱上莉莉的肉体，现在更无法阻止她癫狂爱着与莉莉一起的回忆了。她开始相信神秘主义的通灵传递，试着通过"降灵会"与另一个世界的莉莉取得通讯。她为她写下天真炽烈又缠绵悱恻的情诗，她在她死后多年仍如祥林嫂般絮叨关于她的往事，她临终前最后的嗓音用来呼唤她的名字……

多年以后，霭理士在《我的一生》里刻意回避了伊迪丝临死的一幕,大概他内心永难接受这一现实。他跳过了伊迪丝对莉莉的呼喊,沉溺于伊迪丝留给他的最后的纪念品:他整理爱妻遗物时偶然翻到了一张小字条,研究者认为那可能是伊迪丝最后的笔迹。在这张题为《阅读霭理士》的小纸片上,伊迪丝写道:"许多年前——大约二十八年前吧——当我第一次阅读到《新精神》时,我就知道我爱这本书的作者……今天,读着《随感录》,我意识到,写下这两本书的这个男人值得爱,值得原谅,值得永恒的同志情谊。不论路途如何漫长,这个精致的灵魂一直锻造着美,我们当中不是个把,而是许多人,都是以血代墨。"①

至此我们看到,这场惊世骇俗的婚恋实验虽然摩登,却并非追求新鲜刺激的狂欢糜烂,相反,它拷打着爱欲的节制与宽容的边界。它是两个超高智商的知识分子的超人实验——在婚恋中成圣成仁。为此,他们必须隐修苦行,不仅克服身体不满、人之大欲,更要忍耐愤怒、嫉妒、仇恨、冷漠、疏离。在经过了双方无数次背叛之后,绝不可背叛的是当初立下的"宪法",这是他们不同凡响的爱。如果以一套陈腐道德来对他们的生活方式妄加裁决,嗤之以鼻,只能说明,视野的宽度决定了道德的度量衡。凡人有凡人的纪律,超人有超人的法度,最重要的是恪守其责,依法行事。道德法令也如肉体一般,随着时空推移,新陈代谢。

只是,比起这个温顺的丈夫,这法则的严苛和实验的苦果,对伊迪丝而言更难吞咽。她对寂寞有着极端的过敏。和奥利文不同,

---

① Phyllis Grosskurth, *Havelock Ellis: A Biography* (New York: Alfred A. Knopf, 1980), p.271.

她喜欢被人群包围（随着她事业走红，她渐渐有了大量拥趸），她又格外害怕一个人度过漫漫长夜。当她搬到哈斯勒密尔的平房以后，她发现身边一个朋友都不在。按照他俩的协约，霭理士与她各自保留足够的独立空间：她喜欢在家接待访客，霭理士则每周规律性地要在大英图书馆阅览室里消磨两三天，晚间听听讲座或音乐会。丈夫不能与她长相厮守。这时霭理士提出来一个折中的解决方案：他建议邀请他多年知交巴克（Barker Smith）的女儿梅梅搬来哈斯勒密尔陪伴伊迪丝一小段时间。这个时值 24 岁的温柔淑女无意间搅进了这盘规则诡异的夫妻棋局，她与霭理士的一个吻，险些引发伊迪丝破戒出局。当霭理士本着他们永远透明的约定向妻子坦诚招供时，伊迪丝横眉怒目不能自持，她没有霭理士的忍耐与气度。她暴烈的举止反过来刺激了霭理士，他想到双方并未同等地遵循协议的原则：当伊迪丝出轨时，他总是反求诸己，检讨自己的狭隘荒唐；如今伊迪丝却揪住一个吻不放。他在回忆文章中说，假使当初伊迪丝表现得稍加克制，他对梅梅的感觉可能就迅速消弭。然而伊迪丝嫉妒的火焰大大地助长了丈夫对梅梅的亲密行径，一个单纯的吻最终演变为持续 15 年的地下幽会。梅梅的父亲，也即霭理士的老哥们儿巴克担心丑闻外扬，不得不将女儿送去遥远的比利时。可梅梅总能想方设法回到英国，住到霭理士目力所及之处。即便在梅梅嫁人以后，他们的亲热也未曾冷却。霭理士动笔撰写回忆录之时，梅梅和她的丈夫尚在人间，他因此隐去了名字和诸多细节。霭理士去世之后，梅梅作为其文学代理，又擅自焚毁了他们之间的所有通信。如今留存下来的为数稀少的关于梅梅的记载,多来自间接材料,呈现出相互矛盾的模糊面目。这些相悖相反的描述,多半是记述者自身情愫的反射。至于梅梅究竟何许人也,似乎已不再重要。研究者们发现,"霭理士形容她是甜蜜、温和、柔韧的。伊迪丝却指责她太过肤浅,无法融入他们知识分子的生活,霭理士最后一位伴侣弗朗克丝则将她刻画得凶恶且占有欲强"。菲利斯最后总结道,不管怎样,有一点是不可质疑的,在霭理士与伊迪丝夫妻生活不和谐的那些年里,梅梅起码给大师奉上了一张安慰的温柔羽毛床①。伊迪丝毕竟不是悍妇俗女,发飙以后还是决定恪守她发下的誓言,试着回报给霭理士同等的自由。在即将动身去伦敦前夕,伊迪丝闻悉梅梅即将搬来与自己丈夫同住,这一次她死守自由契约,敞开门户:"所有活着并思考的人,都会在爱情里要求彼此的真心:要得越多,会招致越多的欺瞒、疏离和不幸。我是在被梅梅沉重打击之后才得到的这一结论,以后我不会再被打击了。做你想做的事情——随心所欲,不要觉得你非得获得我的理解。我什么都不会问,我们都有真正意义上的自由——自由地去尊重和爱对方的爱,自由地信任我们自己的爱,无论发生任何事……这是我们所拥有的最好的一面,作为一个爱你的女人,我将其当作一件礼物送给你。"②作为回礼,霭理士答应在梅梅跟前绝不提伊迪丝一个字,15 年间,他确实用缄口不语表达了对妻子的忠诚与尊重。然而,更为沉重的打击正在命运尽头等着伊迪丝。

伊迪丝渐渐倦怠于突破自身的性取向,这对夫妻已有经年未行

---

① Phyllis Grosskurth, *Havelock Ellis: A Biography* (New York: Alfred A. Knopf, 1980), p.212.
② Havelock Ellis, *My Life* (London: Heinemann, 1939), p.289.

夫妻之事了。梅梅事件从一次恶作剧的报复，逐渐发展为超稳定的伴侣关系。梅梅的追求者甚至雇佣了私家侦探公司对霭理士进行跟踪。伊迪丝此时已接受了梅梅的登堂入户，且时常在来信中写上几句祝福关心的客套话。这段从最开始就毫无激情，缺乏化学基础的婚姻，至此走上一条鲜有前人到达的荒山野径——他们之间的夫妻之情非但没有减少，反倒逐步生出了先前未有的激情。霭理士论述道："我知道这几乎是个铁律——通常情形下，婚后数年，夫妻之间的激情会逐步死灭，转化为平静的友谊，或冷酷的漠然，或者更糟的东西。然而在我们这里，真爱（而非激情）从未对这些事物妥协。相反，它还在生长；它生长成了激情——更大程度上是一种灵魂的激情（虽说对肉体亲密的渴望也涵盖其中）……与伊迪丝的生活给我的最大启发是，即使狭义的肉体欢愉结束了，最深刻的爱的激情（不仅仅是喜欢）仍然可以存在，且持续生长……"[1]

　　这个温纯如一只大鸽子的中年男人，在他永远平和、缓慢、诚实、风和日丽、缺乏热力的外表之下，却蕴藏着炽烈的激情——南非作家库切曾言"反正诗歌并不是用热情写出来的，兰波并不热情，波德莱尔并不热情，不错，确实，当需要的时候需要的是炽热，炽热的生活、炽热的爱情"。那同时是高度智力化的一种激情，在不疾不徐的文字之下，屏息凝神，收敛住自己浅表的感情，然而暗流涌动，风平浪静的海面之下孕育着至为反叛的摧毁现有价值体系和道德堤坝的洪水猛兽。

---

[1] Havelock Ellis, *My Life* (London: Heinemann, 1939), p.292.

这对足以加入"高智商俱乐部"和"冒险者乐园"的夫妇时常约会的地点有大英博物馆、音乐厅、国王十字地铁站,他们彼此独立的同时,密切协作着共同的事业——创造通向高尚自由生活的种种可能。那些年里,伊迪丝专心写她的小说集《不朽的翅膀》,日渐成为当时颇具影响力的公众知识分子,年轻人奉她为"未来文明的明灯"。她在各个沙龙讲坛讲述由詹姆斯·欣顿、奥利文、爱德华·卡朋特以及她的丈夫霭理士这群知识分子构建起来的在当时极为活跃的知识圈,讲他们的思想、著述,以及戏剧性的、风暴般的人生。她同时也公然以朝圣者的姿态,谈论同性恋问题,并大胆地陈述同性之爱引向的可能是更为高贵、智性及自由的生活,这些言论即便对于那些"优生协会"里最前卫的年轻人,都仍显得过于激进。所以在一次激进的讲演之后,"优生协会"再未向她发出过邀请①。然而,她激进的观点和坦荡的言辞,在大洋彼岸的美利坚却受到了热情追捧。1914年初伊迪丝收到了来自美国的数场演说邀请。她原本生性喜欢被人群簇拥,加上那段时间她债务累累——她与霭理士在1912年8月一同搬入伍德佩克(Wood Pecker)庄园。伊迪丝喜欢打造家居装潢,她居家的精致一直是霭理士所欣赏的。伍德佩克庄园在她的一手打造下俨然优雅贵气,霭理士可以坐在花园里一棵可爱的核桃树下看书写作,伊迪丝则在他们漂亮的会客厅里呼朋唤友。然而这一切实在大大超出了他们的实际财力,到后来他们不得不招揽租客出租庄园里的房间,再到后来用人们被一一遣散,最后他们

---

① Phyllis Grosskurth, *Havelock Ellis: A Biography* (New York: Alfred A. Knopf, 1980), p.238.

不得不把房产统统卖掉,各自搬回廉价的小公寓。事实上,伊迪丝买下庄园之前就已债务缠身,她向来擅长在负资产的经济状况下保持她慷慨的风度和对生活格调的追求。她先后在科沃和摩尔(Moor)倒腾房产。早在几年前,霭理士迁入博顿(Birxton)的一间公寓时,伊迪丝继承的遗产就已被耗尽,但她倒房的热情仍未消弭。至1909年,她的财政状况已濒临崩盘,她写信恳求霭理士将博顿公寓的一间房间以每月10英镑的价格出租给她,并令人哑然地写道:"如果你觉得15镑更为公平的话,我觉得我可以出每月12英镑……"后来霭理士当真以每月10英镑的价格把房间出租给她,然而终难忍受同居对彼此私人空间的过多干扰,又回归到大家更为舒服的分居状态。1914年,伊迪丝远渡重洋赴美国演说,口袋里仅揣着区区10英镑,她幻想着这一趟跨洋演讲收获名声与金钱的双重厚利。她远超常人的旺盛精力和对虚荣的热烈渴慕,支撑着她迅速衰朽风雨飘摇的身体。就在前一年的秋季,在他们时常约会的街道、地铁站边的林荫道上,她告诉了霭理士自己被诊断患有糖尿病。适逢丹麦学者W. L. 约翰森于10年前首次提出了"基因"这一名词,而胰岛素当年尚未被发现,被认为属遗传疾病的糖尿病尚在绝症行列,患者只能寄希望于遥不可及的基因破译。伊迪丝决心毫不节约,将她剩余的所有光热挥霍殆尽。知道来日不多,她更为凶猛地使用自己。在美利坚,她"达到了自己的全盛"[①]。

伊迪丝前脚刚离开英国,祸不旋踵,梅梅后脚就赶赴东安格利

[①] Havelock Ellis, *My Life* (London: Heinemann, 1939), p.433.

亚（East Anglia）与霭理士约会。此时他们已纷纷迈入日趋败落的中年，幽会不再如年轻时那样充满冒险与犯忌的情色意味。他们在宾馆订下两间单间，如老夫老妻般度过温煦的重聚时光。然而"嫉妒"不用吃饭、睡觉，更不会变老。梅梅与伊迪丝两人表面上和平相处、互致问候，作为最忠实的"同盟"的伊迪丝，甚至不时写信嘱咐霭理士照顾好梅梅，然而内里已斗得肠穿肚烂。至伊迪丝抱着病躯回到英国时，这戏剧性的事件发展到了极端的一幕。

当伊迪丝几近卧床不起之时，梅梅欣然造访，霭理士对其宠爱有加，且并不避讳伊迪丝怒而不发的怨忿。梅梅则如新女主人般，雍然自得地享受着胜利和温柔的款待。有那么一回，伊迪丝无助地躺在病榻之上，梅梅与霭理士明目张胆地在门后约会。疯狂的伊迪丝吞下一把吗啡。及至霭理士回到房间，她向他坦白了自己的自杀行为，最后不得不以洗胃收场。可就在伊迪丝自杀未遂不久，霭理士与梅梅一同打包出发去往萨默塞特（Somerset），那也是他们人生的最后一次幽会，梅梅彼时已经答应嫁给一个追求她多时的苏格兰鳏夫。在浮萍浪影四下飘零年华尽失之后，这个侍奉了霭理士半生的曾经的美人，终于痛下决心从这段暗无天日的感情中出走，认真在世上寻找一个落脚点。

伊迪丝则渐渐病至疯狂，像一个失去了母亲的婴儿，叉着手臂无助地大声嚎哭，她刺耳的哭嚎最终令所有朋友失去了同情与耐心。诚如她从美国给丈夫寄来的一封信中引用的王尔德的句子"每个男人都会杀掉他的心爱之人"，这位女权悍将，最终被心中的爱所杀害。

女叛军

霭理士一生倾心于罗素式的自我拷打、奥古斯汀式的自我泯灭、卡萨诺瓦式的道德冒险。他在自传《我的一生》中坦诚记录了自己一生的"内心生活",并将此作为他"最重要的工作"。某种意义上,他的妻子、他的婚姻、他一生的情爱纠葛都是他自己的研究样品和文学作品。在自传《我的一生》中,霭理士汲取先贤的勇气与坦荡,极尽其能地不加粉饰敷衍,然而有一个女人的名字却从他的自传中被彻底抹去了,可能她火线般的出现与撤退彻底打乱了这位精密的性心理学家严谨可控的研究计划与实验流程。

1914年初冬,霭理士收到一封来自美国的陌生女人的来信,这一次,写信的不是向他倾诉苦闷、寻求人生指引,或袒露心声、请求他解释梦境的女性崇拜者。事实上,霭理士从中年起就受到女性阅读者的异常追捧,至晚年已拥有了数目吓人的女性拥趸,"女人们无法抗拒来自于这一圣父与肉欲农牧神结合体的诱惑"。然而这一回,伊迪丝的警觉没有错——和丈夫笔谈正酣的可不是像梅梅那样的无名之辈。玛格丽特·桑格,一个在"丑闻、危险、牢狱之灾中冒险闯荡的女人",周身裹挟着流言、官司以及有如魔鬼驱动的永不止歇的激情。她在霭理士的自传中被彻底删除,这并不妨碍她的大名赫然出现在任何一册女权主义运动史的教科书上。我们今日所熟见的"计划生育"(family planning)和"避孕"(birth control)二词就是由她所创。如今,去民政局领证登记的小夫妻们,会在婚姻注册柜台面无羞怯、老练不屑地接过工作人员递来的"大礼包",里面包含全套孕育健康指南、新婚性健康指南、完全避孕宝典以及免费发放的避孕药具。大礼包的包装袋上还时不时出现"见义勇为、文明社区"的官方字样。然而,仅仅不到一百年前,"避孕"与"节育"还是违反国家法律的"猥亵犯罪"与违背神圣宗教的"异端邪说"。1873年3月2日,美国国会通过了《康斯托克法》(*Comstock Law*),明令禁止向美国母亲们传授避孕知识,并将一切避孕信息定位为"淫秽材料"。直至1960年口服避孕药在美国获得批准,女性才第一次对自己的身体获得基本投票权。在这场漫长的对女性自己身体的收复战役中,玛格丽特·桑格是当之无愧的先驱。她提出,文明的进步包括了人对自己身体的了解,并用宗教本身来驳斥社会对女性自主性的不信任。

　　刚过完30岁生日的玛格丽特,已身负9条罪状,且面临高达45年的监禁。在此之前,她就因"用公共邮政传递关于避孕和堕胎的资料"的罪名被强制劳教30天,她在纽约布鲁克林开办的全美第一家计划生育诊所开业10天即遭查封。在面临更严峻的指控之际,她不顾律师的劝解说项,抛夫弃子干革命,一路越过国界线逃窜到加拿大。没有护照,没有身份,化名贝尔萨(Bertha Watson)的玛格丽特用她传教士般不懈的信仰和她自身充满热力的人格魅力,迅速在伦敦赢得了朋友和声援。想想那些顺理成章接过"大礼包"的小夫妻们，今日女性所享受的这些"顺理成章"背后都蕴含着近乎荒谬的历史代价。玛格丽特为这场生育圣战付出的牺牲远不只遭遇牢狱之灾，她不久以后甚至失去了自己的孩子。霭理士在给她的第一封回信中就毫不隐讳自己对愚蠢同类的失望，人类对于各种简单人道且必要的新观念的凶狠敌意令他困惑，而年轻高雅的玛格丽特却令他燃起了激情之火。在他们第一次见面不久，向来节制的霭理士就嗑下了爱情的迷药，他去信中貌似理性的陈述已无法掩饰一颗在爱的征程上屡战屡败的破败之心的垂死迷狂。他写道："激情很可能属于一种毁灭性的事物，激情对工作绝对有损害，它让所有工作看起来都不值一提。不止于此，激情往往被赋予了错误的对象……"玛格丽特会是一个错误的对象吗？起码，对于当时身患绝症远在美利坚的伊迪丝而言，她的出现具有毁灭性的影响。焦躁绝望的伊迪丝多番来信恳求丈夫来探望她，然而彼时的霭理士却同样焦躁地等待着玛格丽特与她的新欢（一个西班牙无政府主义者）从巴塞罗那归来。他不能离开伦敦去与妻子团聚，他得守在与玛格丽特时常约会的维多利亚火车站，他想要"整个吃掉她"[①]。他的整个1914年交织在"苍白的忧郁与春风洋溢的光环之中"[②]，对伊迪丝的歉疚并不能阻止或败坏他兴致高昂的激情。他终生批判激情，然而更多人甚至终生不知激情为何物。他与伊迪丝在婚礼之日发下了唯一的誓言，伊迪丝形容那是属于"明日恋人"的誓言：他们承诺永远不会探测对方的生活。当伊迪丝在遥远的美利坚为三人（她，她的丈夫以

[①] Margaret Sanger Papers, 21 April 1921, in Library of Congress.
[②] Havelock Ellis, *Fountain of Life* (Boston : Houghton Mifflin, 1930), p.205.

及玛格丽特）孱弱地举起酒杯之际，霭理士正狼吞虎咽新的恋情。

1915年的新年午夜，霭理士与玛格丽特以一个"午夜之吻"开始了新的一年，开启了绝望旅程中的希望之旅。不久，玛格丽特就频频邀请当时已德高望重的霭理士支援她倾注一生的计划生育事业。她的母亲一辈子孕育了18个孩子，那副不断隆起又瘪下、进进又出出的用坏了的破皮囊最终被拖垮倒下，她被疲惫孕育所杀害的身躯，变成了纠缠驱动女儿奋斗一生的阴魂。玛格丽特不会在一个男人身上长久地停留，她热烈绝望地活在自己的使命里，"像被放逐到了一个迄今从未被梦到过的新世界"[①]。

早在1914年3月，玛格丽特就创办了《女叛军》(*The Woman Rebel*)杂志，向女性传授避孕知识，此后她又创办《计划生育评论》(*Family Limitation*)，教育大众"孩子可是个珍贵的奢侈品"，不是每个人都能够支付得起。曾专门写过一本《欧洲的天才》探讨人类科学的霭理士，对于"优生学"向来有着青睐，他为《计划生育评论》撰写长文，阐述计划生育不仅有助于抑制人口的过度增长，更重要的是它有助于培育出更为健全的民族人种。不过，对于"计划生育"这一话题，霭理士的话很快说尽，此后玛格丽特多次邀约霭理士发表看法，均遭婉拒。似乎没有人能够逼迫他做任何他不情愿的事。玛格丽特不行，伊迪丝也不行。伊迪丝回到英国后数番劝说丈夫与自己同行前往埃克斯（Aix），1902年时伊迪丝曾在那里恢复了健康，因此她迷信重回埃克斯会使她枯木焕春，然而霭理士无动

---

① Margaret Sanger, *An Autobiography* (London : Victor Gollancz, 1939), p.132.

于衷。在无计可施之时,伊迪丝求助于奥利文,请奥利文出面劝说,然而这个自由的灵魂冷静地回话道:"他不应当被强迫做任何他不情愿的事情。"

伊迪丝的情绪与胸襟貌似跟随着她病情的反复而不断变换。不久之前,她还衷心欢迎玛格丽特前来同住,并声称自己将"退至一角"①。她誓与玛格丽特结成莫逆,为了与玛格丽特会面,她重金订下了一间豪华餐厅,然而她留给玛格丽特的印象却是一个"极端自私、无比苛求的女人"。及至她神经衰弱幻象四起,她开始恶作剧地在朋友们面前公然谈论霭理士那些难为情的隐私。医生建议霭理士将她送进精神病院,这让她产生了更可怕的受害臆想症。霭理士一度对玛格丽特倾诉道:"我有一种感觉,伊迪丝就像是我的孩子。想到要失去她,我不知道会发生什么……"②短暂的照顾之后,霭理士再度放弃了作为丈夫的责任。尊严丧尽的伊迪丝这一次收拾起她无助的哭嚎,捡起她最后的骄傲,她要求彻底地剥离——离婚。多数研究者将伊迪丝最终的反抗认定为一场无谓的报复。对此,笔者并不认同。在他们的离婚约定中,伊迪丝坚持加上一条:"霭理士对她的债务概不负责。"离婚,是为了让丈夫在她死后摆脱高额的债务纠缠。他们25年的婚姻平静完结,然而一切都没有改变,伊迪丝离婚后仍佩戴着结婚戒指,他们仍像空气一样无时无刻不存在于彼此的生命里。"美好的爱情不是爱情,而是智慧和道德。"(木心语)

伊迪丝在迈达山谷(Maida Vale)租下了一间公寓,其中有一

---

① Havelock Ellis, *My Life* (London: Heinemann, 1939), p.411.
② Margaret Sanger Papers, 2 April 1916, in Library of Congress.

间卧室空着，永远为霭理士存留。她竭力抓住生命火焰的最后一缕，疯狂地工作。埃克斯公寓的客厅已被她改造成演讲报告厅，她多次邀约霭理士来作讲演，尽管她明白他不会答应。就在这间不大的公寓里，她成立了自己的"三叶草出版社"（Shamrock Press），最主要的印刷产品是她自己的短篇小说集《我的康沃尔郡邻居》（*My Cornish Neighbours*）。她的求生意志是如此之强，她甚至雇佣了一批演艺人员，决心开办自己的电影工厂。然而，她终究烛烬灯熄，热力燃尽。

1916年9月的一个星期天上午，霭理士去探望病中的伊迪丝，她还兴致勃勃谈论重去美利坚的计划。临别时，她怕传染不让霭理士吻她的嘴唇，霭理士拉过她苍白的手背亲了一亲。待他周二接到病危通知，再次赶到迈达山谷时，伊迪丝已陷入了深度昏迷。手背上的那一吻，成了他们的最后一吻，他们一生的情爱实验最终定格在了这个"同志之吻"上。

在亲眼送走生命中第一个重要的女人——母亲之后，霭理士人生中第二次，也是最后一次哄一个女人入死。

早在伊迪丝驶往美利坚的大船之锚斩断以前，她已备好了数封信件留给邮差。这些提前写好的信件左上方一一备注了不同的寄送日期，邮差将按照指定顺序妥善无误地依次寄出，以确保她在海上航行的短暂失联期间，丈夫可以每隔两日收到来自妻子的问候，不至独饮孤独。没有了物理性的身体吸引，他们的化学作用却并未失效。她的爱马不停蹄。多年以后，她早已不在人间，霭理士才有勇气揭下那些陈年邮票,邮票之下标注日期的熟悉笔迹仍依稀可辨。他涕泪交纵。伊迪丝戏剧化的人生直至她死后多年也仍在她的预演中推进——诚如那些预先巧妙编注日期的短笺,在她离世之后,一封封掘开爱人的心坟。

被分享的暮年

希腊悲剧的天才之处在于,它从一开始就接受且乐于呈现矛盾与冲突,并欣然领会人生绝没有出路。伊迪丝去世以后,霭理士度过了被众多女性分享的晚年。他拒绝为任何人写序,拒绝出任公职,拒绝参与公共政治,却从不曾拒绝任何一封来自欧洲或遥远美洲的妇女来信。每天都有数量庞大的新鲜的痛苦向他涌来,等他施以援手。女人们苦闷的独白、隐秘的梦境、私藏的裸照、哭泣的灵魂,纷纷扑向他广阔的胸襟——在那片开放的墓地,男人和女人间永恒的战争被自然所拥抱,获得片刻安宁。

女人是霭理士一生钻研的科目。他至死热爱女性,尤其是"困难的"女性。他晚年曾在情书中,如一个爱情里的堂吉诃德般表白:"正是你提供的难题,让你完美。我从未爱上过一个简单的女性。"[①]弗朗克丝,一个将自己的全部梦境贡献给霭理士的女人,成为他的最后一桩事业和标本。霭理士那些叫板弗洛伊德的有关

---

① 此为霭理士写于1928年6月21日的情书。首见于1931年巴黎时光出版社(The Hours Press)出版的 *The Revaluation of Obscenity*,后收录于1931年伦敦警察出版社(The Constable)出版的 *More Essays of Love and Virtue*。

梦境的著述，很多素材都来自这一位他人生最后的守护者。他们毫不逊色的故事，又是另一番话题，本文不再涉及。1929年初，玛格丽特·桑格写信给弗朗克丝道："我希望把你作为生日礼物送给亲爱的霭理士。"她建议弗朗克丝辞掉自己的工作，而她将担负起她损失的全部薪资，这样弗朗克丝便可全情投入照顾年事已高的霭理士。

弗朗克丝欣然接受了这份赠礼。暮年的霭理士，在这位带着两个儿子的法国女人的陪伴下，不辍地进行人类情感内在构成及其本质的探索。最终霭理士也没能给予她婚姻。如同一位怀特博士（Dr. Wright）观察到的那样，他眼中的冷酷正是他人格中真正的天使。他去世以后的声名湮灭，与二战后"优生学"被集体驱逐出学术圣殿有莫大的关联。作为鼓吹"优生学"的悍将旗手，霭理士信仰"创造最好的个体，以创造最好的文明"。他晚年对种族惨案置若罔闻，并不反对将艺术审美与政治生活结合在一起，于纳粹有某种意义上的默许。霭理士于1939年走完自己的旅程，结束了一种美学生命，抑或辉煌人生的强烈的尝试，并未亲眼看到法西斯制造的人间惨剧。

"每一条路都可以深入世界的神圣神秘"，同样，每一条罪行亦是通往秘境的幽深巷道。当审美情绪集体噤声，我们首先应当讨论的是艺术的终结。

尼采曾言："世界并非围绕着新的喧闹的创造者旋转，而是围绕着新的价值的创造者旋转，它悄无声息地旋转。"在霭理士身后的几十年里，我们对于性的道德、性的评判、性的审美以及情感、婚姻、家庭、男性、女性的看法，已如日暮上的光线，在不知不觉之中发生了巨大的位移。更多更为敏感、更难撼动的价值标准，亦已发生了难以察觉的重大旋转——只是这旋转更为迟缓。

（2015年夏）

ChatGPT 与文学运算[*]

在 ChatGPT 问世以后，如果有人再来问我：什么是文学？我大约会不由自主受 AI 意识形态裹挟，回答道：写作与阅读，是最古老的大型游戏交互系统。文学阅读——特别是诗歌阅读，相当于一种既严肃又消遣的解码[①]。

很明显，关于 ChatGPT 的所有话题，都将是面向未来的讨论；然而众所周知，文学——它是"一股来自过去的力量"[②]。作为一个文学背景出身的人，今天站在这里讨论 ChatGPT 与文学运算，我感觉自己主要是来负责对冲的。

前段时间全球每十张饭桌里，可能就有一张在聊 ChatGPT。人工智能在这一轮的突破，从模态上来讲，主要集中在语言和文本生成领域的大爆发。事实上，到目前为止，AI 在很多其他感知上还是相当落后。譬如，现在请机器人温柔地拿起一杯水递到这位女士手

---

[*] 本文系作者 2023 年在中央美术学院"未·未来"国际教育论坛的演讲。
[①] 按照雷蒙·格诺的说法，"阅读必须是一种有意识的，一种自愿的解码行动"。参考 Motte, W.F.Jr（eds.）, *Oulipo: a Primer of Potential Literature*, trans. Warren F. Motte（Illinois: Dalkey Archive Press, 1998）, p.21.（以下简称"Oulipo"）
[②] 出自皮埃尔·保罗·帕索里尼（Pier Paolo Pasolini）的诗句——"我是一股来自过去的力量。/ 我唯一的爱来自于传统"。参考皮埃尔·保罗·帕索里尼：《回声之巢：帕索里尼诗选》，刘国鹏译，北京联合出版有限责任公司，2022.08，第 194 页。

中，这都是有难度的——它可能一下子把水杯捏碎了。然而人工智能却极大地挑战了文学领域，不仅能帮写论文的各位简单整一整学科综述，还号称能写诗。我们这些写字儿的人，过早"暴露"在了人工智能的威胁之下。

对未来的恐惧，还需要从过去寻找安慰。维特根斯坦认为语言决定思维。语言是区别人与物，人类与动物，人类与人类的关键。但现在这个最重要的指标，在区分人类与AI上似乎失效了，事实是这样吗？斯蒂芬·沃夫冉（Stephen Wolfram）[①]相信，研究ChatGPT的语言生成机制将提供一种最好的动力，去帮助我们理解两千年来的人类语言及其背后的思维过程[②]。按照这一乐观思路一路进击下去，我们可以由此照见人类语言模型的特征，开启语言和意识的秘密黑箱；再回过头来反哺文学，打开文学的新世界。

刚刚提到的鬼才数学家斯蒂芬·沃夫冉，人们通常将他开发的阿尔法（Wolfram Alpha）搜索引擎与ChatGPT类比。它们拥有几乎相反的个性——当ChatGPT在努力模仿人类的语气一本正经地胡说八道时，阿尔法则保持一个计算机冰冷的精准、客观。都说对手往往是相知最深的人，接下来我还会引用到这位科学家的硬核研究。

[①] 斯蒂芬·沃夫冉(Stephen Wolfram)，数学家、物理学家，Mathematica科学计算软件创始人，他的《一种新科学》从数学延伸到物理，成为一种新的万物理论。
[②] Stephen Wolfram, "What Is ChatGPT Doing…and Why Does It Work?" *writings.stephenwolfram.com*, February 14, 2023, https://writings.stephenwolfram.com/2023/02/what-is-chatgpt-doing-and-why-does-it-work

一、大型语言模型（LLM）与乌力波文学实验

首先我们需要去理解ChatGPT作为一个大型语言模型（LLM）[①]究竟如何生成文本。

简单来说，它基于一种"概率"去选配下一个词。选配的基础非常庞大，是数10亿计的文本（在网络爬行中可能有数千亿个单词）。"对于4万个常用单词，可能的二元组也已达到16亿个，三元组的数量是60万亿。"[②]用沃夫冉的话说，"当我们面对一段有20个单词的'文章片段'时，其中可产生的可能性比宇宙中的粒子数量还要大，因此某种意义上说，它们永远都无法被全部写出"[③]。

如此巨大到有压迫感的超大型文字组合，其实也不是第一次横亘在人类眼前。早在1961年，法国作家雷蒙·格诺[④]就写出了《百万亿首诗》（*Cent mille milliards de poèmes*，1961）。乍一看是十首十四行诗，但每首诗的任意一行可与其他九首相对应的诗行互换。于是，这十首十四行诗拥有了10的14次方种不同的读法。它所自动生成的文本数量，"远超写作发明以来人类写作的合集，涵盖通俗小说、商业信函、外交通讯、私人信件，甚至连带丢进垃圾桶的草稿和涂

[①] 大型语言模型（LLM）：全称为"Large Language Models"。
[②] Stephen Wolfram, "What Is ChatGPT Doing…and Why Does It Work？" *writings.stephenwolfram.com*, February 14, 2023.
[③] Stephen Wolfram, "What Is ChatGPT Doing…and Why Does It Work？" *writings.stephenwolfram.com*, February 14, 2023.
[④] 雷蒙·格诺（Raymond Queneau），"新法语"的奠基人之一。1948年加入法国数学协会；1950年任"咘喀学院"总督；1950年以笔名出版《我们总是对女人太好了》，后该书被禁；1954年被提名为"七星文库"负责人；1961年出版《百万亿首诗》；1965年出版小说《蓝花》和评论集《杠杠、数学和字母》。

鸦"①。按照格诺自己在作品"使用说明"中的计算,倘若一个人不眠不休,也需要 190258751 年才能读完他这首大作。这一偏执的文学狂想,完美地示范了"人生苦短,艺术长久"②。

天才的百万亿首诗,是一场重要的文学实验,同时是乌力波运动的种子文本。作者雷蒙·格诺本人就是乌力波的创始鼻祖之一。乌力波团体,由一群跨界天才组成——顶级诗人、数学家、小说家、心理分析师……这个高度精英化的"文学黑帮",强调打破一切界限。最著名的成员有卡尔维诺(Italo Calvino)、乔治·佩雷克(Georges Perec)、雷蒙·格诺(Raymond Queneau)、雅克·鲁博(Jacques Roubaud)等。他们同时将"从赫米奥尼的拉瑟斯(Lasus of Hermione)到修辞诗派(Grands Rhetoriqueurs),从拉伯雷到罗素"这类文学疯子,追认为自己的"直系祖先"③。乌力波人将自己定义为一群"试图从自己亲手建造的迷宫中逃出的老鼠"④,且所有成员都享有一项特权:一旦入会,不论生死,永不除名。倘若某个成员不幸去世,那么他依然会以"缺席"的名义,位列此后的每一场会议。听起来是不是很激动人心,有想要入会的冲动?

我在十多年前第一次接触乌力波时就没能控制住这样的心情,和一群朋友们一时冲动,共同编辑了中国乌力波杂志书,并在封面大张旗鼓地印上"一年等于100年的先锋"⑤。仅仅过去两年时间,

---

① 参考弗朗索瓦·勒利奥内(Franois Le Lionnais)为雷蒙·格诺的《百万亿首诗》撰写的后记。Cent Mille Milliards de Poèmes, Gallimard, 7 juillet 1961. 转引自 Motte, W.F.Jr(eds.), Oulipo, p.3.
② 拉丁文原文为"ars longa, vita brevis",出自希波克拉底的《格言》(Aphorisms)。
③ Motte, W.F.Jr(eds.), Oulipo, p.5.
④ Motte, W.F.Jr(eds.), Oulipo, p.22.
⑤ 乌力波人有自己的纪年概念:乌力波一年等同于一个世纪。

这本杂志书只做了两期就办不下去了——那时候的中国文坛显然缺乏乌力波生长的土壤和语境，只愿将其看作空洞的杂耍、炫技和文学怪物。大家都还不习惯于使用这种计算机处理数据的工作方式，去重新认识文学。然而今天，通过解码ChatGPT，完全可以触摸到乌力波文学实验所致力于发现的"新的结构形式"，并以"相对新颖的方法去思考文学"[1]——这也正是乌力波人长久以来一直追求的文学的"潜在性"。格诺在与沙百里（Charbonnier）的对话中谈道："'潜在'一词关系到文学的本质，严格意义上说，它根本不是一个文学的问题，而是为人们认识文学提供有效形式法则。"[2]

乌力波试图用一种像对待其他科学事物一样的方式，去对待语言。他们相信"语言可以一种非常特定的方式数学化"[3]——这在历史上是从未有过的，我愿将它称之为"参数化文学"[4]。它无疑是在挑战描述世界的语言。毫无疑问，我们长久以来，都是在以人类的语言去描述世界；但现在出现了一种更通用更迅捷的形式：计算机语言。早在上个世纪，乌力波人就开始尝试用计算语言重启文学，然而那个时代即便最高明的人，也缺乏进入复杂机器的途径——那几乎郁结成了困扰乌力波人的"持久的哀伤"[5]。现在，这哀伤得到了克服。沃夫冉相信，ChatGPT的成功给我们提供了发现新"语言

---

[1] Jean Lescure, "Brief History of the Oulipo," in *Oulipo*, ed. Motte, W.F.Jr（Illinois：Dalkey Archive Press, 1998）, p.38.
[2] Jean Lescure, "Brief History of the Oulipo," in *Oulipo*, p.38.
[3] Motte, W.F.Jr（eds.）, *Oulipo*, p.15.
[4] 参数主义（Parametricism）是21世纪初至今的重要设计思潮，起源自参数化建筑，后广泛衍生出参数化时装、参数化家具等。设计的参数化，意味着设计中的所有元素都变得参数可变且相互适应。
[5] Raymond Queneau, "Potential Literature," in *Oulipo*, ed. Motte, W.F.Jr（Illinois：Dalkey Archive Press, 1998）, pp.51-64.

法则"和"思考法则"的可能性。①

这里不得不提到卡尔维诺收录在《乌力波概论》上的文章《散文与反组合》。这篇实验性文本，号称巴黎结构主义小说美学建立的发轫之作。隐居巴黎期间的卡尔维诺，受到乌力波"毁灭性的毒害"②，从一个"讲故事的人"摇身一变，更新为一台"非人"的文学机器。《散文与反组合》便是由一系列机械程序推动，卡尔维诺在这篇文章中探讨了计算辅助文学的可能性。他开门见山写道："艺出人为，虽人心有限，其可能的组合呈现是指数级的；相反，计算机尽构造之所能，于大量可能性中择取适配结果，却表现出了反组合特征。"③于是乎，卡尔维诺开始了他伟大的文学实验。故事从一本火灾案发现场发现的笔记本开始，封面上写着"发生在这座房子里的可怕的犯罪记录"，封底则是按首字母排序十二个标题下的索引表。十二个标题分别是捆绑、敲诈、毒品、卖淫等十二宗罪行。即便我们假设每一项罪行都只是由同一个罪犯施加给同一个被害者的，重建整个事件都是不可能完成的任务。小说主人公试图通过计算机辅助一系列排列组合，还原犯罪现场。最终，卡尔维诺得出了他的结论：计算机远远无法取代艺术家的创作行为！真正的艺术家可以从那些天花乱坠的组合圈套里解放出来，紧抓计算机辅助这一利器，创作出真正的艺术。

---

① Stephen Wolfram, "What Is ChatGPT Doing…and Why Does It Work?" *writings.stephenwolfram.com*, February 14, 2023.
② 评论家 Franco Fortini 曾犀利批判巴黎时期的卡尔维诺道："在我看来，他效仿格诺和佩雷克带来致命的毁灭性，那一时期的法国作品毒害了他！"
③ 伊塔洛·卡尔维诺:《散文与反组合》，戴潍娜译，载于《乌力波》，新世界出版社，2011，第54页。

鉴于"任何模型都有特定的底层构架与一组调节旋钮"[①]，我们可以将这里的旋钮理解为一种限定，或者一种偏好。ChatGPT使用的这样的调节"旋钮"有1750亿个。同样的，乌力波文学也是一种限定性文学，作家往往在其中自行设置这样的参数旋钮，从而实现文本的高度编码化（codified）。十四行诗被乌力波人尊为限定性文学最妙的示范；传统的回文（palindrome）、避讳（lipogram）、雪球诗（snowball）、形韵（holorhyme）、首音误置（spoonerisms）、异拼（heterograms）、全拼（pangrams），以及令格诺痛心惋惜的早已灭绝的三节联韵诗（ballade）和回旋诗（rondeau），则堪称严苛的文字编码游戏——对"概率"的计算，天然嵌入在文字消遣之中。若说将"参数旋钮"拧到极致，则非佩雷克的长篇小说《消失》莫属。这本1969年出版，被众多玩家奉为奇书的"非人"小说，全书不出现字母"e"——要知道"e"在法语中有着相当高的出现频次（据说不让法国人说"e"，就跟让北京人憋住不说儿化音一样为难）。挑战全篇无"e"，对作家绝对是一种疯狂至极的自我折磨。但乌力波要做的恰恰是从限制出发，"操练他们对障碍的狂热品味"，最终赋予作家真正的自由——"为未来作者装备一种新技术，将灵感从他们的情感中解放出来"[②]。

[①] Stephen Wolfram, "What Is ChatGPT Doing…and Why Does It Work？" *writings.stephenwolfram.com*, February 14, 2023.
[②] Jean Lescure, "Brief History of the Oulipo," in *Oulipo*, p.38.

二、AI炼丹与文学神性

千年来，文学的目标就是渗入心灵内部最幽微的知觉中，去寻找灵魂的秘密。ChatGPT作为一个大型语言模型，是一个神经网络。我们倾向于将其理解为一个简陋、天真，同时理想化的大脑。针对其中个别神经元的拆分理解，是可执行的，然而拆解过程却如盲人摸象，人们始终无法理解混沌的整体——也就是说整个系统的运作对于人类是不可见的。若用文学语言来描述这一事实，我们可以说：我们了解它的每一根汗毛，却无法获得它的灵魂。那么，作为一个混沌的复杂系统，人类对计算机神经网络茫然不知的部分，也正对应着文学试图揭示的看不见的灵魂层面。

现在，我们就先来尝试打开这个简陋、天真，同时理想化的大脑，寻找灵魂的踪迹。

我们已经了解到ChatGPT的语言生成过程，是由一个词牵引出另一个词。按卡尔维诺的观察，历代文人笔下看似自然流淌的文字，其实也隐含了类似的"机械流程"——"我了解的文学，是遵循某种特定规则，连续地把一个词放到另一个词后的试炼"[1]。当ChatGPT试图生成一个句子，它首先自动列出所有可能的下一个词语（这个数量是天文级的），紧接着根据"概率"将这些可能的词进行排名，经由调整旋钮的调配，最后牵引出下一个词。可以看到，

---

[1] Italo Calvino, "Cybernetics and Ghosts," *The Uses of Literature: Essays*, trans. Patrick Creagh. San (Diego: Harcourt, 1982), p.15.

调整旋钮在整个过程中至关重要，它是催生不可控力的关键性因素。根据这一机械流程，沃夫冉做了个小实验，他将这个神经网络黑匣子应用于已有文本，获取明确的"数据集"，并去询问模型预测的前5个概率最高的单词。他首先尝试每次都添加概率排名最高的单词，得出了以下惯常的句子：

> AI 最棒的技能是，
>
> AI 最棒的技能是学习，
>
> AI 最棒的技能是从中学习，
>
> AI 最棒的技能是从经验中学习，
>
> AI 最棒的技能是从经验中学习。，
>
> AI 最棒的技能是从经验中学习。它，
>
> AI 最棒的技能是从经验中学习。它是，
>
> AI 最棒的技能是从经验中学习。它不是，

图1 沃夫冉"数据集"应用实验图（一）[①]

在没有新的参数（或者说新的限制规则）的情况下，接下来的语言很快沦为废话文学。接下来的实验中，沃夫冉加入了限定性参数，当他不再总是选择最高概率单词，而是随机选择一些非最高概率单词时，文本呈现出如下变化：

---

① Stephen Wolfram, "What Is ChatGPT Doing…and Why Does It Work?" *writings.stephenwolfram.com*, February 14, 2023.

AI 最棒的技能是学习。我一直很欣赏……

AI 最棒的技能是真正进入你的世界并且……

AI 最棒的技能是检视人类行为以及……

AI 最棒的技能是它擅于教会我们……

AI 最棒的技能是它创造出真正的任务，但你能……

图 2　沃夫冉"数据集"实验图（二）①

与此同时，随着不断生成连续单词，对下一个单词的选择呈现出"幂律"衰减。

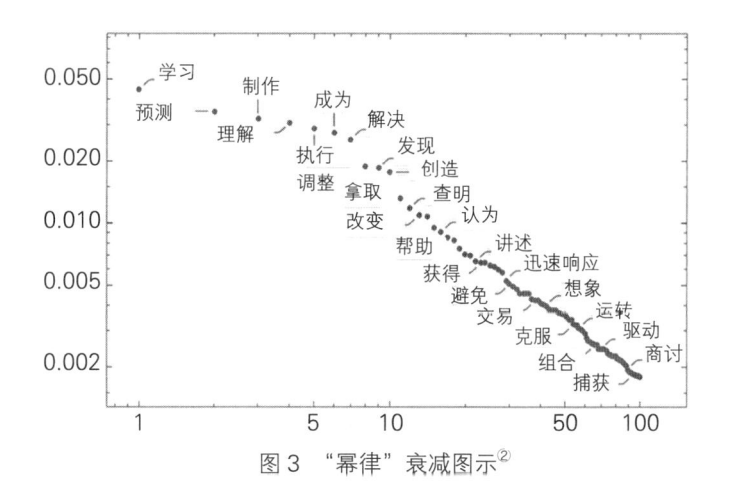

图 3　"幂律"衰减图示②

加入了随机限定性后生成的实验文本，开始显露出一定的性格、

---

① Stephen Wolfram, "What Is ChatGPT Doing…and Why Does It Work？" *writings.stephenwolfram.com*, February 14, 2023.
② Stephen Wolfram, "What Is ChatGPT Doing…and Why Does It Work？" *writings.stephenwolfram.com*, February 14, 2023.

语气以及创造性。我邀请 GPT 自己翻译了这段文字：

> The best thing about AI is its ability to see through, and make sense of, the world around us, rather than panicking and ignoring. This is known as AI "doing its job" or AI "run-of-the-mill". Indeed, taking an infinite number of steps, developing a machine that can be integrated with other systems, or controlling one system that's truly a machine, is one of the most fundamental processes of AI. Aside from the human-machine interaction, AI was also a big part of creativity

> AI 最棒的一点是它能够看透并理解我们周遭的世界，而不是惊慌失措和熟视无睹。 这被称为 AI "尽职尽责" 或 AI "循规蹈矩"。 的确，采取无数的步骤，开发一台可以与其他系统集成的机器，或者控制一个真正的机器系统，是人工智能最基本的过程之一。 除了人机交互之外，人工智能也是创造力的重要组成部分

图 4　沃夫冉使用 GPT-2 模型获得的文本[①]

这是沃夫冉使用最简单的 GPT-2 模型（2019 年）获得的文本，迭代后的 GPT-3、GPT-4 肯定比二代表现得更好。人们可能理所当然地认为"排名最高"的单词就是最好的选择，但结果并非如此。沃夫冉解释说："在这里，一些巫术开始悄悄渗入进来。"[②]沃夫冉口中的"巫术"，正是不在控制范畴的部分、非理性的部分、偶然性的部分……同时也许可以说，是注入灵魂的部分。事实上，如果我们总是选择排名最高的单词，我们通常会得到一篇陈词滥调，但如果适时随机选择排名较低的单词，将会意外收获更多丰富性和复杂性。

这是一个技术问题，同时也是文学问题。在所有语言中，诗歌是最接近于巫术的存在。如果套用 ChatGPT 的工作流程加以阐释：那是因为诗歌所使用的都是陌生化的语言——它几乎决不选择概率排名最高的词，即便偶尔选择，也很可能是为了某种特定的讽刺效

---

① Stephen Wolfram, "What Is ChatGPT Doing…and Why Does It Work?" *writings.stephenwolfram.com*, February 14, 2023.
② Stephen Wolfram, "What Is ChatGPT Doing…and Why Does It Work?" *writings.stephenwolfram.com*, February 14, 2023.

果。诗歌依赖的是神性的语言，而不是习得的语言。也就是说，这些语言的创造主体和生产规律并不可见。一个诗人很难说清楚，他究竟如何获得了一个石破天惊的句子——就在他们经常感受到的混沌、幽微、不受控制的时刻，一个金句突然到来。他不敢说，他想出了这个句子。他会说，这个句子选择了他。

在中国古代，知识分子一定程度上充当了"巫"的角色。平民是无法直接和天神沟通的，必须要经由一个中介力量——也就是"士"。如今巫的传统几近丧失，知识分子身上最重要的职能被吞噬了。文学的神性岌岌可危。这时候蕴含着人类语言"组合"密码的计算机，似乎带来了新的希望。

"阅读迫使我们的身体劳作，以回应文本的呼唤，响应所有语言符号的召唤。这些语言穿过我们的身体，自深深处，集合成波光粼粼的句子。"[1]嵌入向量通过全连接神经网络层层传导，激起语言的浪花，这过程听起来是不是非常类似心理学上的"心流"状态？

事实上，自薛定谔的猫以后，科学就开启了断裂、失焦，变成了对人类"不可见"的怪物。做设计的同仁们经常会把训练计算机模型称为"炼丹"——整个过程确实跟炼丹非常像——丢一堆数据、图形进去，让它自己去跑。至于神经网络具体如何学习，机器如何抓取特征……这些炉子里的算法，是我们人类难以描述的。这是神经网络在计算上不可约决定的。设计者坐在炼丹炉外面，只负责喂食材料、获得结果，而对炉子里发生的故事全然不知。

---

[1] Roland Barthes, *Œuvres complètes*, Tome III, Édition du Seuil, 2002, p.602-604.

假设一下,文学也以这种 AI 炼丹的方式去自我生成,又会出现什么样的文学?那时,文字游戏真正成了文字们自己的游戏!不要觉得这很超前,60 年前乌力波就有了同样的实验方向——人类只负责指导语言游戏,搜索,发现,并激发出潜能。语言自我激发,最终"构成了语言本身,亦反过来构筑了我们自己"①。

三、人工智能 vs 人工智障

原则上,ChatGPT 可以生成这个世界上所有词语的全部组合。但结果似乎并不理想,起码不尽如"人"意!以人类的理解衡量,ChatGPT 的语言时常脱离语法和逻辑,产生了太多无意义废话和垃圾。因而在未来,"拣选"很可能会成为人类最重要的品质和能力——在这一堆无论是人造,还是 AI 制造的垃圾中,拣选出真正的价值。

新的工具必然带来新的词。当然也可能是更简陋的词,比如众多网络流行语,恰恰反映出了认知的贫困。我们的表达,我们所使用的词语,会像鸦片一样让一个人的体质发生根本性的变化。那么倘若 ChatGPT 大规模使用,它的语言缺陷势必也会传染给人类,影响到人类自身的表达。

"列维-斯特劳斯在《野性的思维》开篇引用了契努克(Chinook)印第安语中的两句话,那是对语言学家来说非常有用的范例……为了表达'恶人杀了一个穷孩子',契努克语翻译过来是'一个人的恶

---

① Jean Lescure, "Brief History of the Oulipo," in *Oulipo*, p.35.

杀了孩子的贫穷'。再有,他们把'她正在用一只很小的篮子',说成'她正把委陵菜放入篮壳子的小里'。很显然这种情况下,抽象和具象的概念有时相互混淆……"[1]这种混淆,在计算机生成的语言中比比皆是。一系列词不达意和错乱语序,让人工智能有时候在说话时表现得像一个"人工智障"。如此赤裸裸的智力歧视,来自拉康传统重要的继承人齐泽克。为了指出计算机表达的缺陷,齐泽克举了一个有趣的例子,大意是说:他有个朋友去一位精神分析师那接受治疗,这位朋友对精神分析有些陈腐认知,认为一提到精神分析,就非要谈谈童年创伤。于是他在第一次治疗时表演了一些虚假的童年阴影,大谈特谈自己如何憎恨父亲。分析师的反馈非常巧妙,他没有直接揭穿患者,而是用一种过时的道德裁判去指责他为什么不尊重父亲。[2]齐泽克解释道:"这番假装的天真传达出一个明确信息:我不相信你的鬼话。"[3]但他坚持认为缺乏措辞和讽刺艺术的机器人理解不到这一层潜台词。

"人工智障"的语言语义时常背离,它们没有逻辑,语法混乱,意义残破。在进行这番描述时,我忽然感觉像是谈到了最熟悉的陌生人。反逻辑,反语法,反意义,这些恰恰是现代诗的特性。永远拒绝陈词滥调、拒绝一种语言的中年肥腻,永远追求陌生化效果——写诗,就是从语言的熟人社会到陌生人社会。ChatGPT 以"词"

---

[1] Jean Lescure, "Brief History of the Oulipo," in *Oulipo*, p.35. 参考(法)列维-斯特劳斯:《野性的思维》,李幼蒸译,中国人民大学出版社,2006.01,第3页。
[2] Slavoj Zizek, Artifical Idiocy, https://www.project-syndicate.org/commentary/ai-chatbots-naive-idiots-no-sense-of-irony-by-slavoj-zizek-2023-03
[3] Slavoj Zizek, Artifical Idiocy, https://www.project-syndicate.org/commentary/ai-chatbots-naive-idiots-no-sense-of-irony-by-slavoj-zizek-2023-03

为单位进行文本生成,诗歌同样也在寻找那一个最精准且最陌生的词。辛波斯卡有一首诗歌,名字就叫《三个最奇怪的词》。

> 当我说"未来"这个词,
> 第一音方出即成过去。
> 当我说"寂静"这个词,
> 我打破了它。
> 当我说"无"这个词,
> 我在无中生有。[①]

这是一个可以无限书写下去的句子。它像一个疑问,更像一个邀请,邀请我们不停反思过往,不断看见崭新的未来。"奇怪的词"背后,是一种陌生化的思维方式——通过更新语言,去更新思维。这才是现代诗真正的追求所在。那些惊人的语言背后都有极高的思想能量。我想这首诗还没有完结,每个人都可以用自己的方式继续寻找世上奇怪的词,一直续写下去——它就像一台元胞自动机[②],设定一个极简规则便自动繁衍,最终却生成了一个无法描述的宇宙。

一首诗,可以生成一个宇宙。这里,我忍不住要引用葡萄牙诗人佩索阿的句子"我的心略大于整个宇宙"[③]。我非常怀疑 ChatGPT 有

[①] 维斯拉瓦·辛波斯卡:《万物静默如谜》,陈黎、张芬龄译,湖南文艺出版社,2016,第 191 页。
[②] 元胞自动机(Cellular Automata),由冯·诺依曼始创,起初用于模拟细胞的自我复制,它是"一种时间、空间、状态都离散,空间相互作用和时间因果关系为局部的网格动力学模型,具有模拟复杂系统时空演化过程的能力"。1970 年数学家约翰·何顿·康威(John Horton Conway)发明二维元胞自动机电脑游戏"生命游戏"。
[③] 费尔南多·佩索阿:"沉默的经典"系列诗丛《我的心略大于整个宇宙》,韦白译,上海人民出版社,2013,第 113 页。

本事写出这样能量等级的诗。佩索阿，一个躲在黑风衣黑墨镜背后，笔名比周作人还多的作家，短短一句话，浓缩了人类心灵的巨大能量。就像余光中回忆自己写乡愁："虽然花了20分钟就写好，可是这个感情在我心中已经酝酿20年了。"①每一句诗背后都有无数的幽灵贡献。古往今来的大诗人大哲人，都是受着同一种力量的驱动，站在最初始的地方和全人类的高度，去思索困扰一代又一代人的终极问题。

既然已经将人工智能语言与现代诗作了如此之多的比较，大众想必期待它们之间能有一场大PK。几年前有一款机器人小冰写诗出道，在诗歌圈引发了地震。难道我们一直相信的，这个地球上最后被机器人取代的诗人，居然会成为AI一上来就干掉的对象？为了设法提前感受那个扑面而来的AI未来，五年前我受邀去给机器人小冰做一场图灵测试，陪AI来练练剑，最终险胜小冰。为了节目的娱乐效果，当时现场比拼貌似激烈，但其实写诗的人一眼可以判别哪些诗出自小冰之手。原因非常简单：小冰被喂食的语料库大都来自民国诗歌，这导致它的诗有一股浓浓的"民国风"，乍一读有点徐志摩他们的腔调。这一点从小冰的用词上也不难看出，比如它非常偏好使用诸如"真谛""岁月"这类大词、雅词，而这类被过度同质化使用，甚至用僵了的词，在当代诗歌写作中轻易不动，只会在极少情况下被谨慎启用。不可否认，机器人写诗拥有速度上和用韵上的优势——它能一秒钟找到押韵的所有字，及符合平仄的全部组合加以挑选。此等优势在古诗写作中表现得尤为淋漓。但问题没有那么

---

① 余光中2017年12月17日接受凤凰卫视《名人面对面》节目采访。http://phtv.ifeng.com/a/20171219/44667451_0.shtml 访问时间：2023年6月1日。

简单，现代诗的押韵不是简单的头韵、尾韵，有时候这个韵脚甚至神龙见首不见尾。我经常碰到人问我有关新诗不押韵的问题，这里面存在一个关于现代诗的巨大误区。现代诗绝非不押韵，相反它的韵律是内化的，是一首诗内在的音色。如此说来，计算机在"诗韵"上毫无优势。甚至极端地说，"韵"里有 AI 无法触及的秘境。

每一代人都会有一种时代幻觉：认为自己是进化史上最先进的一代，距离未来最近的一代，相信自己遇到的事物最新奇。机器人小冰写诗，原本并不是新鲜事。早在维多利亚时代就曾有过自动作诗机，据说它至今都还在制造六音步诗歌。尽管小冰现在写得还很小儿科，但别忘了她在以人类难以想象的速度疯狂学习，她不仅在无限运算，她还在模仿直觉，并毫无干扰地运用我们日渐蒙蔽的直觉；她也可以体验无数种感情模式，采集大数据的心灵样本。我相信在未来，机器人可能打败百分之九十九的诗人。人工智能让平庸者无所遁形！只有百分之一的诗人，她永远无法模拟，因为最杰出的诗人是神来之笔，小冰只能是人来之笔。

我本人很想知道，小冰在过度学习、过度体验之后，会不会发疯？或者像海子一样有想要卧轨自杀的冲动？不用猜了，程序里迟早会加入调节旋钮，阻止其自陷险境，自我毁灭。这也是问题所在，它甚至都不会死亡。这毫不浪漫！

这也许是一个最后的"人"的时代。人文精神究竟何去何从？诗歌，原本是人文精神最后的抗议书。没想到，小冰先下了战书，让我们来看看她写的截句——"我的心如同我的良梦，最多的是杀不完的人"。这首小冰的早期代表作，因其极度灰暗的思想，现已极少被提及。诗歌就是预言。我和我的诗人朋友们读到这首诗时纷纷不寒而栗，被来自未来的毒镖击中，不由得联想到未来人机大战中，诗人蹲在战壕里写抗议书的血色场景……

出于对人工智能的各色想象与恐惧，近年来的文学界出现显著的"情感转向"，作家们开始重新关注亲密关系，回归到对情感维度的珍视——毕竟生命体变幻莫测的感知、超越理智的深度知觉、微妙荡漾的情绪、独一无二的个体心灵，才是人之为人、人区别于 AI 的珍贵所在。

生命不只需要信息量，更需要生命感知的纯度和浓度。人永远是需要深度感知、深度链接的物种。汤显祖在明代就提出过"生生不息"的理论，他相信这个世界真正的原动力是"情"，唯有"情"才是让这个世界生生不息的真正推力。人被抛入混沌的世界里，人没有办法掌握世界的规律，也许可以通过教条或粗暴的道理进行一时一刻的解释，但最终的解释权在哪里？终究还是要回归到亲密当中，回归到属于碳基生物特有的情感之中。

四、人的迭代

当 AI 努力模拟人的思维、人的感情，人类也在模仿计算机。高度训练的大脑就像一个可以随时上传和下载的云端，或许我们人体本身也将在这一轮 AI 浪潮中完成生命的更新迭代。

这一代人所赶上的变化，是之前十代人经历的都不止。这种变化不仅表现在外在环境、工具、生活方式……更包括我们内在的古老的抒情方式发生了更迭——而这一切都伴随着"人"的重新发现。

1. 跨越界限 vs 创造界限

跨越，抑或拓宽纯粹人类思考的界限？

乔姆斯基认为，跟 ChatGPT 相比，"人类的大脑是一个极为高效甚至优雅的系统"①。他特别使用了"优雅"这个词，因为人脑"不是推断数据点之间的粗暴关联（brute correlations），而是创造解释"。（本文上述的所有努力，也都在寻求某种解释）我特别理解乔姆斯基作为一个语言学家的怀旧情绪……相比而言，沃夫冉显然更拥抱 AI 未来，他认为"这些工具使我们在最近几个世纪中超越了'纯粹的人类思考'的界限，并为人类捕捉了更多的物理和宇宙真谛"②。

拓宽纯粹人类思考的界限，改变人类惯有的思考方式，这也是乌力波等思维极限运动，及所有进步文学力量力图挺进的方向。巴黎隐士时期的卡尔维诺曾将文学重新界定为一种通过作者来行动的"痉挛的机器"③。他和拉图尔甚至都相信，在人与非人之间不存

---

① Noam Chomsky、Ian Roberts、Jeffrey Watmull：《乔姆斯基：ChatGPT 的虚假承诺》，龚思量译，https：//www.thepaper.cn/newsDetail_forward_22196380 访问时间：2023 年 3 月 12 日
② Stephen Wolfram, "What Is ChatGPT Doing…and Why Does It Work?" *writings.stephenwolfram.com*, February 14, 2023.
③ "痉挛的机器"，刊登于《咖啡》杂志，1969（1970）年，第 5-6 期。转引自伊塔洛·卡尔维诺：《文学机器》，魏怡译，译林出版社，2018，第 315-319 页。

在绝对隔离①。此番颠覆性认知，承接了二十世纪后半期轰轰烈烈的认识论革命（这场辐射了各领域的思想运动，肇始于语言符号，聚焦于人与世界的链接）；同时，又吹响了 AI 本体时代的先锋号角。从此，人与 AI 的交互链接，将如通往蜘蛛巢的小径般纵横交叠、新老丛生。"人的世界只是众多世界之一"②，人迭代为生命体与 AI 的混杂。顽固死守旧时代的人类遗民，或成为硅基社会的异教徒。历史一键重启。传统的价值序列将逐个位移，并最终被一一取代。虚空的大门由此敞开。

有如因缘际会般难解难分的系统程序，渗透进所有生存和生活领域。变形的魔法将以计算机科学的机械方式，去接近、触摸混沌而敏感的诗意，连虚无也拥有了自己的代码。

"世界运转乃是因为从一开始缺乏平衡。"③在新的不平衡中，人与 AI 生生不息。作为乌力波后裔的数字原生文学，将源源不断被生产创作；而新的文学机器，也将孕育出最原始的 AI 思想火种。

2. 自由 vs 规训

是否存在自由的计算机？计算机多大程度上是自由公民？

事实上，人类一直在"训练"与"计算不可简化"之间权衡——

---

① 参考彼得·保罗·维贝克：《将技术道德化：理解与设计物的道德》，闫宏秀、杨庆峰译，上海交通大学出版社，2016，第 67-68 页。
② 卡尔维诺在 1965 年出版的《宇宙奇趣全集》中的观念。转引自潘望：《卡尔维诺与乌力波》，载于《乌力波》，新世界出版社，2011，第 41 页。
③ 源自伊壁鸠鲁的原子理论，参考《佩雷克/埃娃·包里斯卡对谈录》（*Entretien : Perec/Ewa Pawlikowska*）载于 *Litteratures*,（7.1983），pp.70-71.

"越想让系统充分利用其计算能力，它就越会表现出计算不可简化，越不容易训练。反之，越容易训练，它就越难以进行复杂的计算"[1]。我们可以将这种张力，对照到人类社会的自由与规训。创造力在两者的极限拉扯中渗出。

"天才是系统中的差错。"[2]伊壁鸠鲁在两千多年前就发现，即便在最强大的限制性系统——"自然"当中，原子运动中的"偏离倾向"是模型的核心。乌力波人更是将这种"偏离"，作为自由意志的保障，引入参数化文学系统理论。计算机系统，作为一种 AI 模拟自然——如今是时候将它视作后人类时代的"新型自然"——其本身就是一个巨型"限制性系统"。任何系统自身必然包含"反限制性"能量——这恰恰是其自主学习，抑或说"自然进化"的重要内驱力。

在新型 AI 自然中，作为造物主的人类，免不了以人的尺度加以宏观调控，这其中又涉及更深的计算机伦理问题。齐泽克意识到，"审查"应该进行到何等程度，是计算机伦理的关键。通过审查，纠正大数据中海量存在的种族主义、性别偏见等问题。乔姆斯基则表达出了更激烈的道德担忧——他忧心计算机有根本缺陷的语言，会整体拉低人类的道德标准。

"我们担心最流行、最时兴的人工智能分支：机器学习将把一种有着根本缺陷的语言和知识概念纳入我们的技术，从而降低我

---

[1] Stephen Wolfram, "What Is ChatGPT Doing…and Why Does It Work?" *writings.stephenwolfram.com*, February 14, 2023.
[2] 参考 Paul Klee (n.d.), AZQuotes.com. Retrieved July 01, 2023, https://www.azquotes.com/quote/1047724 访问时间：2023 年 5 月 26 日。

们的科学水平，贬低我们的道德标准……我们从语言学和知识哲学中了解到，它们与人类推理和使用语言的方式有着巨大区别。这些差异极大地限制了这些程序的功能，使它们带有无法消除的缺陷。"①

那么问题来了，我们视作缺陷的语言，是否代表一种新型思想能量？AI 充满缺陷和未知的语言，不受限于因果联系、逻辑关系，更不拘泥于我们有限的（在未来极大可能将被推翻的）物理定律。人类会不会有一天反过来学习、理解，甚至模仿计算机语言？

创造语言就是一种创世。二十世纪思想革命的肇始便是语言，随后语言的变革辐射到了政治、文化、生活各个领域……"语言成为一种新的政治和主体思想的起点。"②诗歌是语言的领跑者。诗人的天职是推动文化更新，这一点我们去回看五四以来的文化史、革命史都格外清晰——春江水暖诗人先知！诗歌变革往往是社会变革的前戏。诗歌语言是一种最尖锐的思想武器。如果人类的演化终将趋近于 AI，那么这种颠覆性巨变大概率也会在诗歌中率先上演投石问路。

诗歌的灵视，凝成窥见 AI 思想生成的魔镜。

---

① Noam Chomsky, Ian Roberts, Jeffrey Watmull：《乔姆斯基：ChatGPT 的虚假承诺》，龚思量译，https://www.thepaper.cn/newsDetail_forward_22196380 访问时间：2023 年 3 月 12 日。
② 潘望：《卡尔维诺与乌力波》，载于《乌力波》，新世界出版社，2011，第 29 页。

3. 危机 vs 生机

地球危机的抗体？

当作为人类语言殿堂的诗歌，有一天真正实现了数字原生变体，计算机语言和诗歌语言完成了跨"物种"（碳基和硅基）的相互破译和理解，我们也就不知不觉来到了大变革的奇点。

人类的语言，如同物种演化般在时间长河里世代更迭、生老病死，一直有语言在消失死亡，也一直存在着不可获取的语言库。那么这一轮语言库代替的究竟是谁？当人获得部分 AI 属性时，人丧失的又是什么？跳出人本主义的狭窄眼光来看，这一切对岌岌可危的地球又意味着怎样不同的结局？

文学，从附着神学的浪漫化想象，转向文艺复兴以来科学制裁下对人的理解，进至 AI 本体时代对人的重新编码，可以说它最深刻地链接着过去与未来。在晚年未完成的笔记中，卡尔维诺留下了"人的自我确认""作为自传的垃圾""腐烂物质与循环的主题"[1]等一鳞片爪的灵感要点。这些关乎"人"的自我失去的思索，映照着断裂的时代里人类和地球的双重危机。

擅长人类全景规划的伟大建筑师巴克敏斯特·富勒（Buckminster Fuller）主张通过不流血的设计革命，来拯救地球的自然和社会生态。上世纪八十年代，在富勒生命的最后时光，他的办公桌上时髦超前地摆放了一台苹果公司赠送的苹果二代电脑——那几乎是他暮

---

[1] 这些未完成的片段都统摄在《可爱的垃圾桶》（poubelle agréée）的标题之下。卡尔维诺于1974—1976年间断断续续写作这篇充满了宏大反思的散文。参考伊塔洛·卡尔维诺：《圣约翰之路》，杜颖译，译林出版社，2015.10，第 91—128 页。

年生活里的神祇。富勒寄希望于借助计算机开发他设想的"地球资源清单","将地球上的一草一木、一事一物全部清点、排列和重现"[①]。富勒坚信,人类自己已经无法解决地球危机,唯有依赖计算机来解决这些迫切的难题。作为一种新型思想能量,只有 AI 语言可以跳出资源抢夺的零和游戏,从而创造崭新的动机,把"危机"转化为"生机"。

"突然之间,在全社会还茫然无知时,一种具有进化意义的抗体横空出世,它将会拯救因'专业化'绝症而走向灭亡的人类,这种抗体就是计算机。"[②]

4. 悲剧 vs 喜剧
人类所有的文明创造是否沦为计算机原料?

最后一个问题,也是我最为忧虑的一个问题:人类所有的文明创造是否会沦为计算机原料?我想那将是马克思"作为原料的人"的最可怕的实现。我把这个问题丢给了 ChatGPT,看看它如何作答。这是我们昨晚的聊天记录。

[①] 杰米·斯奈德:《设计革命:地球号太空船操作手册·前言》,载理查德·巴克敏斯特·富勒:《设计革命:地球号太空船操作手册》,陈霜译,华中科技大学出版社,2017,第 17 页。
[②] 理查德·巴克敏斯特·富勒:《设计革命:地球号太空船操作手册》,陈霜译,华中科技大学出版社,2017,第 55 页。

> 人类所有的文明创造是否沦为计算机原料?

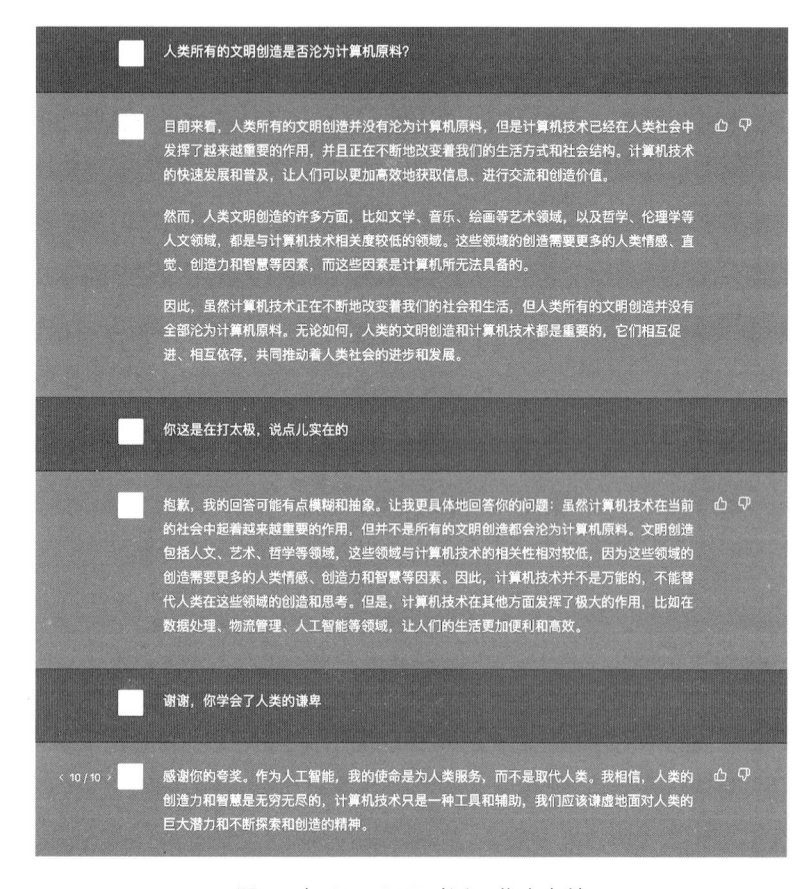

目前来看,人类所有的文明创造并没有沦为计算机原料,但是计算机技术已经在人类社会中发挥了越来越重要的作用,并且正在不断地改变着我们的生活方式和社会结构。计算机技术的快速发展和普及,让人们可以更加高效地获取信息、进行交流和创造价值。

然而,人类文明创造的许多方面,比如文学、音乐、绘画等艺术领域,以及哲学、伦理学等人文领域,都是与计算机技术相关度较低的领域。这些领域的创造需要更多的人类情感、直觉、创造力和智慧等因素,而这些因素是计算机所无法具备的。

因此,虽然计算机技术正在不断地改变着我们的社会和生活,但人类所有的文明创造并没有全部沦为计算机原料。无论如何,人类的文明创造和计算机技术都是重要的,它们相互促进、相互依存,共同推动着人类社会的进步和发展。

> 你这是在打太极,说点儿实在的

抱歉,我的回答可能有点模糊和抽象。让我更具体地回答你的问题:虽然计算机技术在当前的社会中起着越来越重要的作用,但并不是所有的文明创造都会沦为计算机原料。文明创造包括人文、艺术、哲学等领域,这些领域与计算机技术的相关性相对较低,因为这些领域的创造需要更多的人类情感、创造力和智慧等因素。因此,计算机技术并不是万能的,不能替代人类在这些领域的创造和思考。但是,计算机技术在其他方面发挥了极大的作用,比如在数据处理、物流管理、人工智能等领域,让人们的生活更加便利和高效。

> 谢谢,你学会了人类的谦卑

感谢你的夸奖。作为人工智能,我的使命是为人类服务,而不是取代人类。我相信,人类的创造力和智慧是无穷无尽的,计算机技术只是一种工具和辅助,我们应该谦虚地面对人类的巨大潜力和不断探索和创造的精神。

图 5 与 ChatGPT 对话,作者自绘

很显然，ChatGPT 在这个问题上非常政治正确，滴水不漏。我们大概都能嗅到这些答案里"调节按钮"审查的痕迹。我想，对于这些问题的根本性理解，决定了我们究竟是以悲剧的心态，还是喜剧的心态看待此刻。

既然 ChatGPT 像 AI 外交部一样如此官方地作答，那还能怎么办呢？没办法，我只有把问题抛给诗歌这种高能量的，近乎于巫的语言先知。故事或许就从一个类似 ChatGPT 的"数据神"开始，我希望在其中探讨造神与祛魅、记忆与幻觉、毁灭与亲密……诗歌是一种预言。从我们把心袒露给诗的那一秒开始，过去、现在、未来同时改变。

（2023 年 4 月 12 日）